長編小説

# なまめき村

橘 真児



竹書房文庫

目次

※この作品は竹書房文庫のために
書き下ろされたものです。

# 第一章 夜這《よば》いする人妻

## 1

（……え、どこだ？）

助手席で目を覚ました天木武俊《あまきたけとし》は、フロントガラスの向こうの景色に焦点を合わせた。寝起きで頭がぼんやりしているせいか、ジャングルかどこかに迷い込んだふうに見えたのである。

（いや、ここは日本だぞ）

そんなわけがないと、指で目をこする。ようやくはっきりしてきた前方の眺めは、ジャングルかと見誤ったのも無理はないものだった。

いちおう舗装されているものの、車一台がやっとと思われる細い道。対向車が来たらどうするのかと不安になるが、そもそも他の車などまったく現れない。そればかりか人家もなく、道の左側は草の茂る土手で、右側は暗い森だった。

いったいどこに紛れ込んだのか。唖然となって言葉も出ない武俊は、

「あら、起きたんですか？」

ハンドルを握る人物に声をかけられた。

これでドライバーが厳《いか》つい顔の男だったら、拉致されて命を奪われ、山奥に死体を埋められるという構図である。けれど、隣にいるのは女性であり、しかも長い黒髪がよく似合う美女なのだ。そんな悪事を働くひとには見えない。

もっとも、今日会ったばかりで、彼女の素性など知らないのであるが。

頭の中が晴れてくるのに合わせて、武俊はここに至る経緯を振り返った――。

大学を卒業して就職した会社が、とんでもないブラック企業だと思い知るのに、一ヶ月もかからなかった。とにかく忙しかったのだ。

残業や休日出勤は当たり前。くたくたになって帰宅したのが、午前零時を回っていたなんてのもしょっちゅうだ。

これで給料が安かったら、即刻辞表を提出するところである。ところが、オーバー

ワークぶんの賃金はいちおう出るし、その他の手当てもちゃんとしていた。仕事に慣れれば状況も改善されるだろうと、武俊は一抹の希望に縋《すが》って働き続けた。

しかしながら、我慢にも限度がある。

入社して間もなく三年になろうというとき、会社が次年度の新入社員を採らないとの噂を聞いた。新人を教育するよりも、今の社員をそのぶんこき使ったほうが効率がいいからだと。

実際に上層部がそういう判断をしたのかどうかわからない。会社のやり方に不満を持つ社員は多く、酒の席での冗談を真に受けたか、きっとそうだという思い込みを吹聴した可能性もあった。

それでも、このままではからだを壊すと確信するほど、武俊は追い込まれていたのである。やってられねえと、ついにキレた。

一身上の都合で辞めますと退職を願い出たところ、あっさりと承知された。ハードワークに耐えられずに転職する社員は多かったから、上も慣れたものだったのだ。

かくして、担当していた仕事の後始末と引き継ぎを終えて。武俊はようやく社畜の任を解かれた。二十五歳にして、晴れて自由の身となったのである。

とりあえず失業手当の申請はしたものの、次の仕事を見つけねばならない。ただ、ずっと働きづめで、休養も必要だった。

忙しくて遊ぶヒマなどなく、給与はほとんど貯蓄にまわされていた。おかげで、しばらくは遊んで暮らせるだけの蓄えはある。

(よし、旅行をしよう)

風光明媚な景色を眺め、美味《おい》しいものを食べて英気を養うのだ。そう考え、武俊は車を買った。気ままなドライブを愉《たの》しみながら、全国を回るつもりだった。

勤めた会社こそ東京だったが、武俊はもともと地方出身である。都会ほど公共の交通機関が整備されていないところでは、自家用車がなくては生活できない。武俊の故郷もそうだったから、運転免許を取るように親から勧められ、学生のうちに取得してあったのだ。

購入したのはミニバンである。後ろのシートを畳めば、手足を伸ばして寝られるだけのスペースが取れる。車中泊をすればホテル代がいらず、そのぶん他のことにお金が使えるだろう。洗濯物はコインランドリーを使えばいいし、風呂は銭湯やサウナ、日帰り温泉で事足りる。

着替えや身の回りの品物などを車に積み、武俊はドライブ旅行に出かけた。行き先は特に定めず、よさそうな道を選び、道路の行き先表示を見て、気に入った地名へと向かった。疲れたら健康ランドや、安ホテルにも泊まった。

かくして旅の空の下、自由気ままに過ごして二週間が過ぎた。

武俊は日本海側の高速道路を、南西に向かって愛車を走らせていた。東北をひととおり回ったあとである。いったん東京のアパートに帰るつもりであった。

何ものにも束縛されない旅でも、移動していればやはり疲れる。少し自宅で休養を取り、改めて出発しようと考えていた。

(上越から関東に向かう高速があったよな)

確か信州を通るはずだ。だったら、名物の蕎麦《そば》でも食べようか。

そんなことを考えながら、尿意を催してサービスエリアに入る。トイレを出て、売店をぶらぶらしていたとき、

「あの――」

声をかけられ、武俊は「え？」と振り返った。

途端に、全身が凍りついたみたいに固まる。それでいて心臓はバクバクと高鳴り、体内を巡った血潮で全身が熱くなった。

そこにいたのは、ツヤツヤした長い黒髪が印象的な、日本人形を思わせる美女だったのである。年は二十代の半ばぐらいか。クリーム色の清楚なワンピースをまとい、

小さなバッグを肩に提げている。

武俊は女性に慣れていない。異性と親しい交際をした経験がなかったのだ。

学生時代には、気軽に話のできる女友達もいた。けれど、惹《ひ》かれるものはあっても告白する勇気はなく、友達のまま終わった。

それでも、社会人になれば恋人もできるだろうと、たかをくくっていたのである。ところが、ブラック企業で余暇のない日々を送り、女の子と話をする機会すら持てなかった。このままでは一生童貞かもと焦りを覚え、会社帰りに酒を飲んで勢いをつけ、ソープランドで初体験をした。

それが、武俊にとっては唯一の、異性と密着した経験だ。

女性に縁のない人生だったため、いつしか理想が高くなる。恋人にするのなら、髪が長くて品のある、ちょっと古風な感じの女性がいい。などと、仕事に追われる合間にも夢想した。

正直、今回の旅でも、そんなひととの出会いを期待していたのである。

まさに理想を絵に描いたような、いや、いっそ理想像が具現化した女性を目の前にして、武俊が動けなくなったのも無理はない。しかも、向こうから声をかけてきたとあっては。

「……どうかされましたか？」

美女が困惑げに訊ねる。声をかけた男が固まったものだから、途方に暮れてしまったのだろう。

「あ——ああ、いえ、べつに」

ようやくフリーズ状態から脱却し、武俊は軽く咳払いをした。頬がやけに熱い。

「ええと、何かご用でしょうか？」

「不躾《ぶしつけ》で申し訳ありませんが、これからどちらに向かわれるんですか？」

「東京方面ですけど」

答えると、女性の表情がパッと明るくなる。美貌がいっそう魅力的に輝き、動悸《どうき》がまた激しくなった。

「それじゃあ、信州のほうを通りますよね？」

「え、ええ、その予定ですけど」

「すみませんが、乗せていっていただけないでしょうか」

要はヒッチハイクなのか。理想のタイプの女性からのお願いであり、無下に断るのも悪い。いや、歓迎こそすれ、断るつもりなど毛頭なかった。

ところが、ここが一般道ではなく、高速道路のサービスエリアなのを思い出す。歩いてこられるような場所ではないのだ。

「あの、あなたの車は？」

「実は……置いて行かれたんです」

彼女が恥ずかしそうに俯《うつむ》く。そんなしぐさもチャーミングで、愛らしさに身悶えしたくなった。

「置いて行かれたって？」

「彼氏とドライブをしてたんですけど、ちょっと喧嘩をして……わたしがトイレに行っているあいだに、彼はさっさと出発したみたいなんです」

酷《ひど》い男がいたものだ。武俊はあきれ、怒りすら覚えた。

「そんなやつとは、別れたほうがいいですよ」

つい本音を口にすると、美女も我が意を得たりというふうにうなずいた。

「ええ、そのつもりです」

すっかり愛想をつかした様子である。つまり、今やフリーというわけだ。ならば、是非ともお知り合いに、いや、お近づきになりたい。

というより、仲良くなれるチャンスではないか。

「それじゃあ送りますから、おれの車に乗ってください」

武俊の言葉に、黒髪の美女は安堵の微笑を浮かべた。

「わたし、黒川姫奈《くろかわひめな》といいます」

車に乗り込んでから、彼女が自己紹介をする。まさにイメージどおりの、高貴な趣《おもむき》すらある名前だ。ほのかに漂う、女性らしい甘い香りにもときめかされる。

「おれは天木武俊です」

武俊はハンドルを握りながら、名前だけでなく、仕事を辞めたことや、休養がてらドライブ旅行をしていることも話した。女性とふたりきりのドライブなんて初めてで、舞いあがっていたためもあったろう。

そのおかげで、姫奈も打ち解けてくれたらしい。勤めていた会社のことや、今はどこに住んでいるのかなど、武俊にあれこれ訊ねた。単なる社交的なやりとりではなく、本当に興味を持ってくれたみたいに。

「三年勤めたってことは、今は二十六歳なんですか？」

「いえ、二十五です」

「じゃあ、わたしのほうがふたつお姉さんですね」

つまり、彼女は二十七歳なのだ。年はそう変わらないように見えたが、神秘的で大人っぽい雰囲気もあったから、年上と聞いて納得できた。

武俊も、姫奈の家の場所や、仕事は何をしているのかなど質問した。ところが、

「信州の山の中です」

とか、

「そうですね。働いたり、働かなかったり」

などと、曖昧《あいまい》な答えしか返ってこなかった。初対面の男に対して、完全に心を許したわけではなさそうだ。

(まあ、それはしょうがないさ)

警戒するのは、身持ちがしっかりしている証《あかし》だ。むしろ好感が持てる。

とは言え、こうして車に乗ったのだ。危険な男だと思われているわけではあるまい。

武俊はいかにも人畜無害な外見だという自覚があった。それゆえ、異性の目を惹くこともない。要は魅力に欠けるのだ。

己《おのれ》のパッとしなさを思い出し、軽く落ち込む。姫奈も困った挙げ句、こいつなら安心できると踏んだのではないか。

いや、いかにも女に慣れていなさそうだし、簡単に言うことを聞くと見越したのかもしれない。

そこまで考えて、次第に無口になる。もしかしたら、彼女は話しかけられるのをウ

ザいと感じているのではないか。などと、深読みしたためもあった。

会話が途切れ、車内が静かになる。それも気詰まりだったから、武俊はボリュームを落として音楽を流した。

「お疲れでしたら、眠ってもかまいませんよ」

声をかけたのは、そうしてもらったほうが神経を使わずに済むからだ。

「ありがとうございます」

姫奈は礼を述べたものの、瞼《まぶた》を閉じなかった。眠ったら何かされると危ぶんでいるのか。と、またも悪い方に推測する武俊である。

上越の分岐から、高速を内陸方向に入る。県境が近くなってきたあたりで、

「すみません。トイレに行きたいので、どこかに入っていただけますか」

言われて、武俊は「わかりました」と答えた。次のパーキングエリアで停車し、ついでだと、自分もトイレに入った。

「ふう」

放尿したら、自然と声が洩《も》れる。それだけ気が張り詰めていたのだ。

（もっと楽しいドライブになると思ったんだけど……）

ひとり旅を続けながら、どこかで女の子から乗せてくれと頼まれて、それがきっか

けでワンナイトラブに発展したらいい。出発する前に、そんな都合のいい展開を夢想したのである。

ところが、こうしてヒッチハイクが現実になっても何もできず、緊張するばかり。自身のへたれっぷりが情けない。

こんなことでは、一生恋人なんてできないのではないか。ワンナイトラブなんて夢のまた夢で、風俗でしか異性とふれあえない侘《わび》しい人生を送るのだ。

ますます気が滅入り、肩を落としてトイレを出る。車のところに戻ると、すでに姫奈がいた。しかも、なぜだか運転席側のドアの横に。

「ここから運転を代わります」

申し出に、武俊は「いえ、いいですよ」と断った。気を遣《つか》われていると思ったのだ。

「いえ、わたしに運転させてください。家までの道順が難しいので、いちいち説明するよりも、わたしが運転したほうが早いので」

これに、武俊は大いに戸惑った。詳しい行き先を教えられてなかったものの、まさか自宅までとは思っていなかったのだ。

(待てよ。ひょっとしたら家に招いて、ご馳走してくれるつもりなのかも)

遠距離を送らせて、ではさようならとはなるまい。つまり、彼女の住まいに上がれる可能性がある。

親しくなれるかもという期待が再燃する。だったら運転を任せたほうがいい。

「では、お願いします」

電子キーを渡すと、姫奈がニッコリと笑う。愛らしい笑顔に、武俊はめろめろであった。

「運転免許をお持ちだったんですね」

パーキングエリアを出てから、今さらのように確認すると、彼女が「ええ」とうなずいた。

「田舎《いなか》なので、車がないと生活できませんから」

「あ、おれもそうです。田舎町の出身なので、免許は取っておけと親に言われてたんです」

「まあ、そうなんですか」

気のせいか、姫奈の表情がいっそう和《やわ》らいだようであった。同じ地方出身者だとわかり、親近感が増したのか。

彼女の運転は上手だった。合流部分で本線に入るときもスムーズだったし、乗り慣れていない車のはずなのに、快調に飛ばす。いたずらにスピードを上げることなく、助手席にいても安心できた。

(普段から、けっこう運転してるみたいだな)

それだけ交通の便がよくないところに住んでいるのか。家は山の中だと言っていたから、実家暮らしなのだろう。働いたり働かなかったりという返答も、要は家事手伝いということだ。

(てことは、家に行っても親がいるわけか)

ふたりっきりになれるわけではないのだと、ちょっとがっかりする。それでも、親に好青年だと認められれば、末永くお付き合いができるかもしれない。

「運転で疲れたでしょうから、お休みになってください」

姫奈に言われ、武俊は「ああ、はい」とうなずいた。素直に瞼を閉じたのは、また沈黙が続くのなら、眠ったフリをしたほうが気楽だと思ったのだ。

しかし、どうやら旅の疲れが溜まっていたらしい。運転を任せたことで気持ちが楽になり、睡魔が忍び寄ってくる。

ほんの五分とかからずに、武俊は眠りに落ちた。いつの間にか高速を降り、一般道を走っていたことにも気づかずに。

そして、目が覚めたとき、車はどことも知れぬ土地に入り込んでいたのである。

## 2

「あの、ここは──」

武俊の問いかけに、姫奈が前を向いたまま答える。

「もうじき、わたしの村です」

「え、村？」

「正確には村じゃなくて、市の一部なんですけど」

要領の得ない返答に、首をかしげる。自分で確かめたほうが早いと、カーナビの画面に目を向けた武俊はギョッとした。そこには車の位置を示す三角形のマークがあるだけで、あとは真っ白だったのである。

この旅行中、辺鄙《へんぴ》な土地に迷い込み、狭い林道を走ったときにも、こんな画面になったことがあった。そのときはすぐに引き返したが、姫奈の話では、この先に彼女の住む村なり集落なりがあるらしい。

なのに、道も何も示されないなんてことがあるのだろうか。

武俊は手をのばし、「現在地」のボタンを押した。今いる場所の住所が表示されるはずなのである。

「N県〇〇市牝水村《めみずむら》付近」

何ら目新しい情報のない文字列に、武俊はがっかりした。

あいにく地理には疎《うと》く、市の名前を見てもどのあたりにあるのか、さっぱり見当がつかない。当然ながら、牝水村という地名も初見である。

(めみずむら、っていうのかな?)

おそらく、以前は独立した村だったのであろう。それが人口減などで合併され、姫奈が言ったとおり、市の一部になったらしい。

ただ、地名に村がそのまま残っているのは珍しいのではないか。

地図の縮尺を大きくすれば、広い範囲が画面に映し出されて、だいたいの場所が摑《つか》めるのではないか。思ったものの、運転手でもないのにカーナビを操作するのは気が引ける。たとえ自分の車であっても。

武俊は手を引っ込め、シートの背もたれにからだをあずけた。ここはうろたえず、男らしく堂々としているべきなのだ。

時刻を確認すると、日暮れまでまだ時間があるはず。なのに、あたりがどんどん暗くなる。姫奈がヘッドライトを点灯したため、照らされる前方以外の景色が何も見えなくなった。

おかげで、ますます不安が大きくなる。

(こんなところに、本当にひとが住んでるのか？)

しかも姫奈のような、まだ若い美女が。出身が田舎だとしても、普通は都会に出るのではないか。

(いや、案外開けた場所なのかも)

今走っているところは近道で、実は山の反対側に、村へ向かう本来の街道があるのではないか。この先、広々とした里に出るのかもしれない。

などと期待したものの、道の狭さは変わることがなかった。そして、谷川を渡る狭い橋を通ったあと、遠くに街灯らしき明かりが見えた。

(着いたのかな？)

他に、人家らしきものもチラッと目に入る。ここが牝水村なのか。

姫奈の家に到着したら、すぐに引き返したほうがよさそうだ。カーナビに何も表示されなくても、一本道のようだから、迷わず県道なり国道なりに出られるだろう。

だが、日が完全に暮れてからは走りたくない。こんな山奥の狭い道は慣れておらず、正直怖かった。

車は、道沿いの家の前で停車した。薄暗い街灯に照らされた日本家屋。そこが姫奈の家なのかと思えば、

「今晩は、こちらに泊まってください」

言われて、きょとんとなる。

「え、泊まるって？」

武俊が首をかしげると、彼女が申し訳なさそうな顔を見せた。

「すみません。途中でガソリンを入れるのを忘れてしまって。もう、ほとんど残っていないんです」

「え？」

慌ててメーターを確認すれば、確かにガソリンは空に近かった。引き返したら、途中でガス欠になるのは確実だ。

「あの、ここにガソリンスタンドはないんですか？」

駄目元で訊ねると、姫奈が首を横に振る。

「ありません。明日にでも買ってきます。本当にごめんなさい」

そんなふうに謝られたら、言うとおりにする以外にない。そもそも、他に手立てはなさそうだ。

（まあ、べつに急いでるわけでもないし）

いったん自宅に戻るつもりだっただけで、予定があるわけではない。旅のハプニングとして、こういうのも有りだろう。

それに、姫奈とひと晩が過ごせるのだ。会ったその日に色好い展開があるなんてと、都合よく考えたわけではないものの、より親しくなるチャンスだと思った。

車を降りると、冷えた外気が身にまといつく。武俊はブルッと身震いした。山のほうだから、気温が低いのだろう。標高もけっこうあるのかもしれない。

あたりを見回すと、夕闇が迫る山間に、他の家は見当たらなかった。戸数が少なく、一軒一軒も離れているようである。

「村には何軒ぐらい家があるんですか？」

「十軒ぐらいでしょうか」

姫奈が答える。それだけの戸数と人口では、独立した地方公共団体としてやっていくのは無理だろう。合併も当然だ。

そして、目の前の家が、村の最も入り口側にあるらしい。

（あれ？）

武俊は怪訝《けげん》に思った。玄関の引き戸の上に表札があったのだが、「土谷《つちや》」となっていたのだ。姫奈の姓は黒川なのに。

おまけに、彼女は引き戸をカラカラと開けると、

「ごめんくださーい」

と、奥に向かって声をかけたのである。

「はーい」

返事があり、現れたのは三十路《みそじ》過ぎと思われる女性であった。

「すみません。こちらがお伝えした天木さんです。よろしくお願いします」

「あら、そんなにかしこまらなくても。わたしと姫奈ちゃんの仲なんだから」

女性が屈託のない笑みを浮かべ、興味津々《しんしん》という顔つきを向けてくる。

きちんと結った髪と、上品そうな面差しは、いかにも気立てのいい奥様という雰囲気である。おまけに和服で、割烹着姿なのだ。老舗《しにせ》旅館の女将《おかみ》さんみたいな装いに緊張し、武俊は直立不動になった。

そのとき、彼女が左手で鬢《びん》をかき上げる。薬指に銀色の指輪が嵌《は》められていた。つまり、結婚しているのだ。

(ここって、姫奈さんの家じゃないのか)

親がいるために泊められないからと、知り合いに頼んだというのか。しかし、いつ

の間に。

「こちら、土谷喜美代《きみよ》さん。天木さんを泊めていただけるそうです」

「いや、あの」

「わたしが電話でお願いをしたんです。すみません、勝手に決めてしまって。天木さんが気持ちよさそうに眠っていらしたので、起こすのも気の毒かと思って」

武俊が目を覚ましたとき、車は山間の道を走っていた。その前にガソリンが足りなくなることに気がつき、車から電話をかけたというのか。

「あ、お荷物はどうしますか？」

姫奈に訊ねられ、武俊は「ああ、それじゃ――」と、車に取って返した。着替えと洗面用具などをデイパックに積めて、家の前に戻る。

「車のほうは、ガソリンを入れてからこちらにお持ちしますね」

「はい、お願いします」

「では、わたしはこれで」

彼女は一礼し、運転席に乗り込むと、すぐに出発した。テールランプの赤い光が、間もなく闇の中に消える。

「では、中へどうぞ」

喜美代に招かれ、武俊は深々と一礼した。

「天木武俊です。お世話になります」

「あら、ご丁寧にどうも」

彼女がクスクスと笑った。

外観は引き戸も窓もアルミサッシで、わりあい近代的な趣であった。けれど、中は天井が高くて、柱や梁も太い。板の間も黒光りしており、昔からある古い家を改築しているようである。

最初に案内された場所は、今で言うダイニングキッチン。そこには囲炉裏《いろり》もあった。

「ひょっとして、民宿をされてるんですか？」

だから泊めることに慣れているのかと思って訊ねると、喜美代が首をかしげた。

「違うけど、どうして？」

「いや……こういうのって、民宿や旅館でしか見たことがないものですから」

「ああ、囲炉裏ね。昔はどこの家にもあったものを、ウチは今でも使っているだけのことよ」

婉然《えんぜん》とほほ笑まれ、武俊はどぎまぎした。ふたりだけになって、彼女が異性であると強く意識したためもあった。

（いや、結婚してるんだぞ）

薬指の指輪を思い出し、胸の内でかぶりを振る。

「あの、旦那さんは？」

訊ねると、喜美代が「いないわよ」と答える。

「え、いないって？」

「仕事なの。ダム建設の現場にいて、帰ってくるのは月に一度かしら」

つまり、出稼ぎということなのか。見るからに何もなさそうな村であり、外へ働きに出るのも仕方あるまい。

しかし、月に一度しか会えないのでは、寂しいに違いない。

「他のご家族はいらっしゃらないんですか？」

「ええ。夫婦ふたりの世帯だから部屋も余ってるし、お客さんを泊めるぐらい、どうってことはないのよ」

にこやかに告げられ、反射的に「お世話になります」と頭を下げる。つまり、今夜は彼女とふたりっきりで過ごすのである。

しかし、不在とは言え夫がいるのだ。武俊は妙な期待を抱かなかった。喜美代が夫の留守を守る、身持ちの堅い女性に映ったためもある。

「だけど、頼まれて他人を泊めるなんて、姫――黒川さんと仲がいいんですね」

「彼女とだけじゃなくて、村の女性たちはみんな仲良しなのよ」

ということは、他にも同世代ぐらいの女性がいるのだろうか。こんな山奥の村だと、高齢者ばかりというイメージがあるのだが。

「黒川さんとは、年も近いんですか？」

「六つ違いだから、近いとも遠いとも言えないわね」

そうすると、喜美代は三十三歳なのか。化粧っ気がない肌は綺麗だし、三十そこそこぐらいにも見える。

ただ、和装から滲《にじ》み出る色気は年齢相応か、もっと熟れた趣があった。やっぱり人妻だから色っぽいのかと、女性経験が少ない身でありながら、武俊は知ったふうなことを考えた。

「じゃあ、そこに坐って」

言われて、囲炉裏のそばに置かれた座布団に腰を落ち着ける。

炭火が熾《おこ》った上には、鉄製の鍋が吊り下げられていた。木製の落とし蓋の隙間から、湯気が立ちのぼっている。昔話か時代劇に出てきそうな光景だ。

囲炉裏は思いのほか温かくて、冷えた外気を味わったあとには、天国の心地であった。

（そう言えば、今何時かな？）

スマホを取り出し、時刻を確認しようとした武俊は、圏外になっていることに気がついた。

そこへ、喜美代がやってくる。姫奈から連絡をもらって用意しておいたのか、食器や料理の載ったお盆を持って。他にお銚子《ちょうし》と盃《さかずき》もあった。

「ここって、携帯の電波がないんですね」

確認すると、「そうね」と言われる。

「村に来る途中から、もう使えなくなるみたいよ。そもそも、携帯を持っているひとも少ないし」

「え、それじゃあ電話は？」

「ちゃんとあるわよ。ほら」

喜美代が指差したところには、骨董品みたいな黒い電話機があった。

（これじゃあ、ネットも使えなさそうだな）

そもそも、こんな山奥に住んでいるひとたちは、ネットの情報など必要としていないのかもしれない。

「ところで、天木さんは飲めるんでしょ？」

艶《つや》っぽい眼差《まなざ》しで訊ねられ、思わず居住まいを正す。

「え、ええ、多少は」

「多少なんて言わずに、たくさん飲んでね」

はす向かいに坐った人妻が、白い盃を渡してくれる。お銚子を手に取り、

「さ、どうぞ」

と、お酌をしてくれた。

なみなみと注がれた日本酒は、ほんのり琥珀《こはく》色だ。普段飲むのはビールや酎ハイが
ほとんどだが、漂う甘い香りにうっとりさせられる。

「いただきます」

口に含むと、芳醇《ほうじゅん》な味わいが舌に広がる。熱めのお燗《かん》を喉に流せば、食道や胃が火《ほ》
照《て》るようだ。

(美味しいんだな、日本酒って……)

米の風味がしっかりと感じられるから、純米酒ではなかろうか。口当たりも良く、
注がれたぶんを一気に飲んでしまう。

「あら、いい飲みっぷりね」

すぐさま空の盃を満たしたあと、喜美代がもうひとつの盃を手にする。

「わたしにもいただける？」

「あ、はい」

武俊は盃を置き、お銚子を受け取って傾けた。

「それじゃ、あらためて乾杯」

ふたつの盃を軽くぶつけ、同時に口をつける。武俊は半分ほどしか飲まなかったが、喜美代は一気に空けてしまった。

「ああ、美味しい」

彼女がふうと息をつく。頬がほんのりと赤らみ、いっそう色っぽい。

ふたりは差しつ差されつ、燗酒を愉しんだ。肴《さかな》は囲炉裏の鍋で煮込まれた根野菜の他、山菜のおひたし、自家製らしき漬物と焼き魚だ。日本酒に、実によく合う。

「この山菜って、村で採れたものですよね？」

「そうよ。山に入ればいくらでも採れるわ。秋にはキノコとかも」

煮物や漬物の野菜も、農業をしている住民から譲ってもらったという。また、村では半分ぐらいの家で米を作っており、鶏を飼っている家もあるとか。街との行き来は不便なようながら、ある程度の自給ができているから、生活にはそれほど困らないらしい。

「土谷さんは、この村のご出身なんですか？」

質問に、喜美代が小首をかしげる。

「喜美代、でいいわ」

苗字だと他人行儀だと感じたのか。

「わたしも、武俊さんって呼ぶから」

言われて、一気に距離が縮まった気がした。酒と雰囲気に酔ったためもあったろう。

「ええと、喜美代さんは――」

「牝水村で生まれ育ったのよ」

いかにもこの土地に住み慣れた感じがしていたから、素直にそうだろうなと納得できた。

「じゃあ、旦那さんは？」

「余所《よそ》から来たの。要は婿《むこ》入りってこと」

それでも、こんな魅力的なひとと結婚できるのなら、少々不便な土地でも我慢できるのではないか。

最後にご飯と味噌汁が出され、残った漬物をおかずにお腹を満たす。素朴ながらも味わい深い田舎料理に、武俊は身も心も満たされた気分であった。

何より、気立てのいい人妻と、楽しいひとときが過ごせたのだから。

3

食事のあと、囲炉裏のそばでお茶を飲みながらくつろぐあいだに、喜美代が風呂の用意をしてくれた。実物を目にするのは初めての、薪《まき》で焚《た》く風呂であった。

浴室はタイル張りの古いものであったが、黴《かび》もなく、隅々まで綺麗に掃除されている。老舗の温泉宿のようで、武俊は歯を磨きながら、ゆったり浸かることができた。

(ここまでしてもらって、なんだか悪いなあ)

自分が泊めてほしいと頼んだわけではなく、姫奈が手配してくれたのである。それに、もともと親切心で彼女を送ってあげることにしたのだ。

よって、武俊が申し訳なく感じる必要はないのかもしれない。それでも、ここまで至れり尽くせりだと、さすがに何かお礼をすべきではないかと思えてくる。

(住所を聞いておいて、あとで何か送ればいいかな)

そんなことを考えたのは、ひと晩泊めてもらっただけで、関係を終わりにしたくなかったからだ。また会いたいし、一緒にお酒を飲みたかった。

もちろん夫がいるのだから、それ以上は望むべくもなかったけれど。

風呂から上がると、喜美代が寝床と、寝間着の浴衣《ゆかた》も用意してくれていた。

「山だから、夜は冷えるの。温かくして寝なくちゃダメよ」

Tシャツとブリーフだけで眠るつもりだった武俊は、それならと浴衣を借りることにした。

蒲団《ふとん》が敷かれた部屋は、床の間以外には何もない。畳も新しく、い草のいい香りがした。普段は使われない客間のようである。

掛け布団のカバーもシーツも、パリッとして糊《のり》が利いている。本当に、いいところの旅館に泊まる気分だ。

武俊は明かりを消して蒲団に入った。いつもならスマホを眺めながら眠りに落ちるのであるが、圏外ではネットも見られない。

それでも、まだ酔いは醒《さ》めていなかったし、寝具の清潔な匂いを嗅いでいるうちに、自然と瞼が重くなる。ほんの三分とかからず、武俊は眠りへ引き込まれた。

夢を見た。そこは自分の車の中であった。どこともわからぬ道を走らせていると、助手席から手がのばされる。

姫奈であった。

──あうう。

武俊は呻《うめ》き、危うくハンドルを関係のない方向へ切りそうになった。彼女が股間に触れてきたのだ。

これは願望が夢に昇華されたのであろうか。しかも、やけに気持ちがいい。夢なのに、リアルな快感があった。

──駄目ですよ、こんなことをしたら。

本心とは真逆のことを述べても、手ははずされなかった。それどころか、いつの間にかズボンもブリーフも脱がされ、イチモツを直に握られていた。夢にありがちな、都合のいい展開である。

姫奈は何も言わず、微笑を浮かべて強《こわ》ばりをしごく。このままでは事故を起こすと、武俊は車を路肩に停めた。

彼女から手を出してきたのだ。遠慮することはないと、シートの背もたれを後ろに倒す。脚を開けば、牡の急所も優しく揉み撫でられた。

──あ、あ、姫奈さん。

呼びかけても、返事はない。しなやかな指が、牡の性器を巧みに愛撫するのみだ。

そのうち、姫奈の顔がぼやけてきた。快感で目がくらんだためかと思えば、徐々に顔が変わってきたようなのだ。

——姫奈さんじゃないぞ！

清楚なワンピースも、和装に取って代わる。喜美代だった。

武俊は驚いて目を覚ました。常夜灯が照らす薄暗い部屋。心臓がやけにドキドキと高鳴っている。

相手が誰であろうが、与えられる快感に身を任せればよかったのである。けれど、罪悪感に耐えられなかった。食事や風呂の用意までしてくれた人妻に、そこまでさせるわけにはいかないと。

もちろんそれは、夢の中での感情である。現実に戻った武俊は、なぜ起きたのかと激しく後悔した。

(あんなに気持ちよかったのに……)

どうせなら、最後までしてもらいたかった。仮に夢精する羽目になったとしても。無駄な足掻《あが》きとわかりつつ、瞼を閉じて夢の続きを所望する。そのとき（あれ？）と気がついた。

(おれ、電気を消して寝たよな？)

いつも真っ暗にして眠っているため、今夜も習慣どおりに明かりを消したはずなのだ。なのに、どうして常夜灯が点いているのか。

おまけに、夢から醒めたはずなのに、快感が続いていることにも気がついた。しかも、やけにリアルだ。

それが紛《まご》う方なき本物の感覚であると悟り、ギョッとする。

(え、誰？)

焦って頭をもたげれば、蒲団の脇にいたのは喜美代であった。桜色の薄い着物をまとい、妖艶《ようえん》な笑みを浮かべている。きちんと結っていた髪もほどかれ、肩にかかっていた。

「起きたのね」

他人事みたいに言った彼女の右手は、掛け布団の下に差し入れられている。硬くなった男性器を握っているのは明らかだ。おまけに、ゆるゆるとしごいている。

「あ、あの……何をしてるんですか？」

快感に震える声で訊ねてから、間の抜けた質問だったと気がつく。そんなこと、言われずともわかりきったことなのに。

「武俊さんが、さっさと寝ちゃうからよ」

り返した。

咎《とが》められ、大いに戸惑う。寝る前に、何か約束をしただろうかと、懸命に記憶を掘
何も言えずにいると、喜美代が掛け布団を剝《は》がす。浴衣の腰から下が大きくくつろげられ、にょっきりと聳《そび》え立つ陽根を彼女が握っていた。

（おれのチンポを、喜美代さんが――）

綺麗な手と、武骨な肉器官とのコントラストが、やけに卑猥だ。いけないことをされている気分が高まり、快感もふくれあがる。

そこに至って、武俊はブリーフを完全に脱がされているとわかった。どうして気がつかなかったのだろう。

「ここ、わたしがさわる前から、カチカチになってたのよ」

色っぽい目で睨《にら》まれて、居たたまれなくなる。淫夢のせいだなんて言い訳は、さすがにできなかった。

「まあ、ちゃんと硬くしてくれなくっちゃ困るんだけど」

「え、困るって？」

「一宿一飯の恩義を返してもらうんだもの」

泊めてもらったばかりか、至れり尽くせりに世話をされて、お礼をしなければなら

ないと思っていた。しかし、それと今の状況が、どう関係しているというのか。

「旅のお代は、カラダで払ってもらうわよ」

品のないことを口にして、喜美代が強ばりから手をはずす。腰を浮かせ、自身の着物の裾《すそ》を大きく絡《から》げた。

色白の、むっちりした太腿《ふともも》があらわになる。さらに、豊かに張り出した腰回りも。

(下着を穿いてないのか！)

着物のときはノーパンだと聞いたことがある。もっとも、彼女が着ているのは寝間着のようだし、最初からこういうことをするつもりで脱いできたのではないか。

(じゃあ、おれと最後まで――)

パンティを穿いていないということは、セックスをするつもりなのだ。ソープ嬢との初体験以来となる、降って湧いた幸運に、夢の中に戻った気分にさせられた。

「おしり、好き？」

思わせぶりに訊ねた喜美代が、返答を待つことなく胸を跨いでくる。しかも、たわわな臀部を武俊の顔に向けて。

(わあ)

圧倒されてのけ反る。今にも落っこちてきそうに重たげな熟れ尻が、目の前に差し出されたからだ。

　着物姿ではよくわからなかったが、人妻はかなり肉感的なボディの持ち主らしい。おしりも大きいばかりでなく、エロチックなフォルムにも魅せられる。肌もなめらかで、薄明かりの下でも輝かんばかりのそれは、巨大な満月のよう。

　ただ、肝腎なところは影になって、佇《たたず》まいがよくわからない。恥叢《ちそう》が濃いらしく、繁茂するそれに隠されていたためもあったようだ。

　石鹸の香りがむわりと漂う。湯上がりの清楚なフレグランスの中に、蒸れた甘酸っぱさがあった。入浴してしっかり清めたのであろうが、牡の猛《たけ》りを愛撫して昂《たかぶ》り、本来の媚薫を取り戻したのではないか。

（これが女のひとの、アソコの匂いなのか！）

　ソープ嬢のそこはボディソープとローションの、人工的な香りしかなかった。それよりも人間らしいかぐわしさに、昂奮《こうふん》もうなぎ登りであった。

　しかし、できるなら匂いだけでなく、その部分がどうなっているのかが見たい。

　武俊は顔を近づけ、目を限界まで見開いた。次の瞬間、もっちりヒップが勢いよく迫ってくる。

（わっ！）

逃れる間もなく、顔面を柔らかな重みで潰される。口から鼻にかけてが湿った叢《くさむら》と密着し、息ができなくなった。

「むううう」

反射的に抗《あらが》い、酸素を確保するべく闇雲に鼻から空気を吸い込む。すると、酸味を増した恥臭が鼻奥にまで流れ込んだ。

（ああ……）

武俊は瞬時にうっとりし、体躯《たいく》を波打たせた。息ができなくなっていたのも忘れ、濃密なパフュームの虜《とりこ》となる。

そのとき、喜美代が腰を浮かせなかったら、本当に窒息していたかもしれない。

「ねえ、舐《な》めて」

せがまれて我に返る。彼女がこんな体勢を取った理由が、ようやくわかった。

（クンニをしてほしいんだな）

自分から性器をあらわにするとは、なんて大胆なのだろう。夫の留守を守る、貞淑な奥さんだと思っていたのに。

いや、夫が長く不在だからこそ、熟れた肉体を持て余し、男を求めるのではないか。

初体験のときも、童貞だと知ったソープ嬢から男女の行為をレクチャーされ、クンニリングスにも挑戦した。同い年でけっこう可愛い子だったから、特に抵抗なく舌を這わせられたし、上手だと褒めてもらえた。

よって、魅力を感じていた人妻の秘所に口をつけるのに、躊躇《ちゅうちょ》する理由はない。

再び丸みが密着し、口許《くちもと》が塞がれる。武俊は前もって舌を出し、湿った窪地に差し入れた。

「あひっ」

喜美代が声を上げ、豊臀をビクッと震わせる。かなり敏感なようだし、舐められるのが好きなのかもしれない。

ならば期待に応えようと、女芯をほじるようにねぶる。

「あ、あ、気持ちいい」

すぐさま反応があり、武俊は嬉しくなった。

(おれ、女のひとを感じさせてるんだ!)

クンニリングスが上手だとソープ嬢に褒められたのが、お世辞だったことぐらい武俊にもわかる。けれど、喜美代は本心から悦《よろこ》びを口にしているようだ。秘唇がキュッとすぼまり、腰が切なげにわななないていた。

もっとあられもない声を聞きたくて、敏感なところを狙う。見えないから、それらしき部分を舌で探るしかなかった。それでも、ソープ嬢に教わったやり方と、ネット動画を始め様々なエロメディアで学んだことが役に立ったようだ。

「あ、ああっ、そ、そこぉ」

あられもない声がほとばしる。顔に乗ったモチモチしたお肉が、感電したみたいな痙攣《けいれん》を示した。

（よし、ここだな）

狙いが間違っていなかったとわかり、武俊は発奮した。いっそうねちっこく舌を律動させ、成熟した女体に歓喜をもたらす。

「あふっ、ふううう、ハッ、あああ」

多彩なよがり声を洩らす喜美代の、おしりの谷間から淫靡《いんび》な匂いが放たれる。普段から蒸れやすいところが、快感で汗ばんだのだろう。もともと汗っかきで、体臭も強いのかもしれない。

けれどそれは、武俊には喜ばしいことであった。ソープ嬢との、かたちだけの初体験とは異なり、ようやくナマ身の女性を知った気がした。

粘っこい愛液が、滾々《こんこん》と湧き出るのも愛《いと》おしい。唇をとがらせ、ぢゅぢゅッと音をたててすすると、である。


「いやぁ」

人妻が恥じらって嘆いた。次の瞬間、

「むふッ」

武俊が太い鼻息を吹きこぼしたのは、ペニスが温かく濡れたもので包まれたからで
（喜美代さんが、おれのを――）

フェラチオをされたのだと、舌を絡みつかされる前にわかった。ソープランドでも同じ施しを受けたし、今の体勢になったときから、してもらえるのだろうという期待があったのだ。

ただ、ソープ嬢の口内はひんやりした感じだったのに、喜美代のほうは温かい。しかも、舌の動きに慈《いつく》しみを感じる。より心が込められているようだ。

そのため、快感も著《いちじる》しかった。

チュパッ――。

舌鼓《したつづみ》を打たれ、強烈な快美が体幹を貫く。武俊は思わず腰を跳ね上げ、「むうう」と呻いた。

（これ、気持ちよすぎる）

不浄の器官をしゃぶられることへの罪悪感も、悦びに取って代わる。しかも、縮れ毛にまみれたフクロまで、優しくモミモミされたのだ。

（ああ、そんなところまで）

牡の急所たるそこも、愛撫されるとこんなにも快《こころよ》いのか。アダルトビデオでも目にしたし、ソープ嬢にもされたはずだが、心から実感できたのはたった今であった。

性感が急角度で上昇するのを悟り、武俊は焦って女芯ねぶりを再開させた。お返しをしなければと思ったし、先にイカされるのはみっともない気がしたからだ。

とは言え、経験の浅い身で人妻に対抗しても、結果は知れている。クンニリングスに集中することで射精欲求を回避できたのは、ほんの刹那《せつな》であった。

（うう、まずい……）

限界が迫り、武俊は身をよじった。このままでは、遠からず爆発してしまう。

さりとて、イキそうだなんて白状するのもためらわれる。せっかくクンニリングスで感じさせられたのに、実は経験が浅いとバレるのも嫌だった。

ここは我慢するしかないと、懸命に忍耐を振り絞っていると、幸運にも口がはずされた。

「ふう」

ひと息ついて、喜美代がからだを起こす。おしりが顔から離れ、武俊は反射的に手をのばしかけた。もっと密着していたかったのだ。

「それじゃ、するわよ」

簡潔に告げ、彼女がからだの向きを変える。今度は腰に跨がり、唾液に濡れた牡根を上向きにさせた。

騎乗位で交わるつもりなのだ。着物の裾を絡げ、下半身のみを晒《さら》したはしたない格好で。それは武俊も同じである。

(ああ、いよいよ――)

ふたり目の女性と体験できるのだと、喜びが胸に満ちる。素人童貞なんて不愉快なレッテルとも、これでおさらばだ。

有頂天になり、かなり高まっていたことなど忘れてしまう。喜美代が腰を落とし、肉槍の穂先を濡れ割れにこすりつけて潤滑するあいだも、早くひとつになりたいと気が急いていた。

「ふふ、こんなにガチガチにしちゃって」

からかう眼差しを向けているが、彼女だってしたくてたまらないのだ。色っぽく紅潮した頬が、その証である。

「硬いおチンポ、借りるわよ」

わざと卑猥な言葉遣いをして、人妻が屹立《きつりつ》を迎え入れる体勢になる。腰が落とされると、それは抵抗なく蜜穴を侵略した。

「あああっ」

背すじをピンとのばし、喜美代が嬌声《きょうせい》を発する。さっきは顔に乗っていたヒップが、今は腿の付け根に重みをかけていた。

「おお」

武俊もたまらず声を上げる。温かく濡れたものが、分身にぴっちりとまといついていた。

（おれ、セックスしたんだ！）

ソープ嬢との初体験以上に、感激がこみ上げる。あれはあくまでもリハーサル。これこそが本番なのだと、そんな心持ちであった。

「あん……おチンポが、すっごく脈打ってる」

うっとりした面差しで、喜美代が腰を回す。中のぷちぷちしたヒダが敏感なくびれを刺激し、武俊はのけ反って喘いだ。

次の瞬間、全身に震えが生じる。

（あ、ヤバい）

焦って理性を発動しても無駄だった。結ばれた嬉しさと、快感が相乗効果となって、オルガスムスを呼び込んだのである。

「ああ、ああ、あっ」

蕩《とろ》けるような愉悦《ゆえつ》に、腰がガクガクとはずむ。目がくらみ、呼吸がハッハッと荒くなった。

「え、え、なに？」

戸惑う人妻に予告もできず、牡の激情を勢いよく噴きあげる。びゅるッ、びゅるんと、濃いやつを幾度にも分けて。

「もうイッちゃったの？」

あきれた声に情けなさを募らせつつも、武俊はありったけの精を膣奥《ちつ》に注ぎ込んだ。

## 4

「え——あ、ああッ！」

射精を終え、脱力しかけたところで、武俊は身悶えた。喜美代が腰を上下に振り立てたのである。

「勝手にイッちゃうなんてひどいじゃない」

と、先に果てた年下の男をなじりながら。

「す、すいません。あ、あ、やめ――」

絶頂後で過敏になったペニスを、ヌルヌルした蜜穴でこすられるのである。快感よりもくすぐったさが強烈で、頭がおかしくなりそうだ。

そのおかげで、勃起が萎《な》えずに済んだようである。もしかしたら、それを意図して甘美な責め苦を実行したのだろうか。

彼女が腰の上に坐り込み、ようやくひと心地がつく。武俊は胸を大きく上下させながら、こちらを見据える美貌に目を向けた。

「やっぱり若いのね。まだ硬いまんまだわ」

体内にあるものの漲《みなぎ》り具合を確かめるように、喜美代が膣をすぼめる。

「ごめんなさい……」

改めて謝罪すると、彼女が首を横に振った。

「べつにいいわよ。一度出しただけで終わりにするつもりはなかったし」

ということは、涸《か》れるまで精を搾り取るつもりだったのか。

「でも、次はもうちょっと長く持たせてね」

目を細めて言われ、即座に「はい」と返事をする。中出しを怒っていないようで安心しつつ、これで終わらせるわけにはいかないとリベンジを誓った。

喜美代がからだをこちらに倒してくる。抱きつかれるのかと思えば、手をのばして枕元にあったティッシュを抜き取っただけであった。

「このまま続けてもいいけど、中にいっぱい出されちゃったから、グチャグチャして気持ち悪いでしょ」

軽く睨まれて、首を縮める。かなりの量だったのが、奥に広がる感じからわかったのではないか。

彼女は腰を浮かせると、すぐさま股間に薄紙を挟み込んだ。脇に坐ると、新たに抜き取ったティッシュで、濡れた秘茎も清めてくれた。

「うう」

まだ敏感なままだったから、亀頭を刺激されて呻いてしまう。おまけに、ヌメりを拭《ぬぐ》い取ると、喜美代は再び肉根を口に入れたのだ。

「あふぅ」

舌をねっとりと絡みつかされ、身をくねらせて喘ぐ。まだザーメンの匂いや味がこびりついているであろう牡器官をしゃぶられるのは、さすがに抵抗があった。

それでも、彼女が嫌がる素振りを見せず、むしろ嬉々として奉仕している様子だったから、ためらいも消え去る。敏感なくびれをチロチロとくすぐられ、海綿体が痛いほど膨張した。

頭をもたげて確認すれば、筋張った肉棒と、綺麗な横顔のコントラストが痛々しい。いけないことをさせている気分が募ったものの、視覚で捉えたことで、本当にフェラチオをされているのだと実感できた。

（おれ、今日会ったばかりの女性に、チンポを舐められてるのか）

ついさっきセックスもしたのに、今のほうが深く結ばれた心地がする。繋《つな》がっているところを目にしているぶん、感動が大きいようだ。

まさに百聞は一見にしかずだなと、わかったようなわからないような納得をしたところで、人妻が顔を上げる。武俊に流し目をくれ、濡れた唇を思わせぶりに舐めた。

「じゃあ、もう一回しましょ」

誘いの言葉に、武俊はナマ唾《つば》を呑んだ。

身を起こした喜美代が、帯を解く。着物を肩からはずし、一糸まとわぬ姿になった。

ふわっ——。

甘ったるい匂いが漂う。ほのかな酸っぱみを含んだそれは、彼女本来のかぐわしさであったろう。

乳房はかなり軟らかいようで、前方に張り出さず、雫《しずく》のかたちで垂れていた。年齢による変化なのか、もともとそうだったのかはわからない。

ただ、いかにも熟れた風情があって、武俊はそそられた。ウエストはくびれているのに、下腹のあたりが脂《あぶら》がのったふうに盛りあがっているところも、熟女の色気が匂い立つようだ。

「ほら、起きて」

手を引かれて起き上がると、帯をほどかれる。浴衣と、下に着ていたTシャツも脱がされ、武俊も全裸になった。

喜美代が蒲団に身を横たえる。両膝を立てて開き、ティッシュをはずして秘められた部分を晒した。今度は正常位で牡を受け入れるつもりなのだ。

(だいじょうぶかな……できるかな?)

武俊は不安を覚えた。ソープランドでの初体験も騎乗位だったし、正常位は未経験だった。

さりとて、今さらしたことがないなんて言えない。なんとかなるさと覚悟を決め、

女体にかぶさろうとすると、

「あ、待って」

喜美代に制止された。

「オマンコがちょっと乾いたから、おチンポをこすりつけて濡らしてちょうだい」

ストレートすぎる要請にどぎまぎする。けれど、おかげで思い出したことがあった。

アダルトビデオでも、男優が挿入前に、互いの性器を馴染ませていたのを。

（ええと、たしかこんな格好だったよな）

膝を離した正座の姿勢になり、艶腰を脚で挟み込む。反り返る肉根を前に傾け、恥叢が繁茂する中心を穂先でこすった。

「ううン」

小さな喘ぎがこぼれる。裸身がしなやかに波打った。

ティッシュがザーメンと一緒に愛液も吸い取ったようで、その部分は確かに潤いが足りなかった。それでも、亀頭との摩擦で熱を帯び、ヌルヌルとすべり出す。

（けっこう濡れやすいみたいだぞ）

汗をかきやすいだけでなく、ラブジュースも豊潤なのか。

「も、もういいわ。おチンポを挿《い》れて」

息をはずませながら、喜美代が言う。逞《たくま》しいモノで貫かれたいと、蕩ける眼差しが訴えていた。

武俊はそのまま進むことにした。この体勢なら繋がるところがしっかり見えて、迷うことはない。

力を加えると、狭い入り口が徐々に開く。引っかかる感じがあると退《しりぞ》いて、もう一度しっかり潤滑した。

そういう慎重な進め方を、彼女は焦《じ》らされていると受け止めたらしい。

「ねえ、早く」

裸身をくねくねさせて挿入をせがむ。切なげな面差しが、色っぽくも愛らしい。

(よし、だったら――)

本人が望んでいるのだからかまうまい。武俊は一気に押し入った。わずかな抵抗があったのもかまわず、根元まで。

「あはぁッ!」

喜美代がのけ反り、ひときわ大きな艶声をほとばしらせた。

(ああ、入った)

ペニス全体を強く締めつけられ、快さにうっとりする。受け身ではなく、能動的に交わったことで、女体を侵略した充足感も味わった。

「あん……いっぱい」

美貌を淫らに緩め、人妻がつぶやく。膣の入り口をキュッとすぼめ、年下の男を喜悦にひたらせた。

「喜美代さんの中、すごく気持ちいいです。もう、たまんないです」

感動をストレートに伝えたのは、さっき早々に爆発したのはそのせいだと、わかってもらいたかったためもある。たとえ事実であっても、経験が浅いためだなんて思われたくなかった。

「だからって、すぐにイカないでね」

喜美代が満足げに口角を持ちあげる。どうやら意図したように伝わったらしい。

「はい。頑張ります」

「じゃあ、いっぱい突いて」

求められるままに、腰をそろそろと引く。女芯から抜き出された筒肉には、白い濁りがまといついていた。

（いやらしすぎる）

卑猥な眺めと、そこからたち昇る蒸れた淫臭に頭がクラクラする。沸き立つ劣情に従い、気持ちのいい洞窟へ分身を勢いよく戻した。

「はひっ」

鋭い嬌声とともに、熟れたボディがガクンとはずむ。強く突かれるのがお好みらしく、喜美代が「も、もっとぉ」とねだった。

リクエストに応えて、前後運動で女体を攻める。反り返ろうとする秘茎が膣の天井をこすり、粒立ったヒダをくびれの段差が掘り起こした。

(これ、よすぎる)

総身の震える快感に、太い鼻息がこぼれる。

喜美代のほうも快いスポットを刺激されるのか、「おお、おお」と呻く。肉体のより深いところで感じているふうだ。

彼女がよがるのに煽《あお》られて、ピストン運動に熱が入る。力強いブロウを繰り出せば、軟乳がゼリーみたいにぷるんぷるんと揺れた。

「ああ、あ、いい、もっとぉ」

呼吸をはずませて乱れる人妻の蜜穴に、武俊は剛直をせわしなく出し挿れした。自らも快楽に身をやつして。

(気持ちいい……最高だ)

悦びが高まることで、もっと密着したくなる。抽送《ちゅうそう》のコツが摑めたのを見計らい、武俊は喜美代に覆い被さった。

「ああん」

彼女も歓迎して抱きしめてくれる。両脚を掲げ、離すまいとするかのように、牡腰に絡みつけた。

そして、求めずともキスをしてくれる。

「ん――ンふっ」

小鼻をふくらませて熱い息をこぼし、喜美代が唇を貪る。舌を差し入れ、武俊の口内を探索した。

全身が熱くなる。いっそう関係が深まった気がしたのは、ソープランドでは軽くふれあう程度のくちづけしかしてもらえなかったからだ。

（これが大人のキスなのか！）

童貞みたいに感激しながら、怖《お》ず怖ずと舌を差し出す。彼女のものと戯《たわむ》れることで、脳が痺れる心地がした。柔らかくて抱き心地抜群の女体も、快感を押しあげてくれるよう。

武俊は何かに取り憑《つ》かれたみたいに腰を振った。舌を絡ませながら、下半身でも激しく交わる。

「むふっ、むむむ、むふふぅ」

喜美代がくぐもった喘ぎをこぼす。重なった口許は、いつしか唾液でベトベトになっていた。

それにもかまわず、上と下で深く繫がる。ふたりの肉体がバターみたいに溶け合うのを感じながら。

(すごい……すごいぞ)

世界一いやらしいことをしている気分にひたり、男女の行為に耽溺《たんでき》する。大人の男として、ひと皮もふた皮も剝《む》けた気がした。

「ふは──」

息が続かなくなり、武俊はくちづけをほどいた。肩で息をしながら、前後運動を続けると、喜美代が熱っぽい眼差しを向けてくる。

「わたし……イッちゃいそう」

震える声で告げられ、自身もかなりのところまで高まっていたことに気がつく。

「おれも、もうすぐです」

「じゃあ、いっしょに──」

言われて、武俊はせわしない腰づかいで女芯を穿《うが》った。荒々しい抽送で、ペニスが膣口からはずれそうになるのもかまわずに。

それにより、人妻が短時間でオルガスムスに至る。

「ああ、あ、いい、イッちゃう、イクぅううっ！」

裸身をガクンガクンと波打たせたのち、反り返るようにして硬直した。

「う——うう、くはっ」

息の固まりを吐き出し、喜美代が脱力する。蒲団の上に四肢を投げ出し、胸を大きく上下させた。

(イッたんだ)

初めて女性を絶頂させたのである。しかも、初めての正常位で。ひょっとしてセックスの才能があるのかと、自然と笑みがこぼれた。

かなり高まっていたはずなのに、武俊は射精しなかった。途中で抜けそうになったときに焦ったため、気が殺《そ》がれたのである。

そのため、昇りつめて収縮する蜜窟内で、ペニスは硬いままであった。

「……イカなかったのね」

瞼を開けた喜美代が、恥じらった笑みを浮かべる。汗ばんだ裸体を、しなやかにくねらせた。

「はい。まだ元気です」

分身を雄々しく脈打たせると、「ああん」と色めいた声があがる。

「だ、だったら、もう一度して」

彼女の脚が腰に絡みつく。武俊は「はい」と返事をし、スローな腰づかいで成熟したボディを征服した。

# 第二章　若い肌の芽吹き

## 1

目を覚ましたとき、窓の障子に明るい光が当たっていた。

まだ重い瞼をどうにか開き、枕元に置いたスマホで時刻を確認する。すでにお昼近かった。

（……何時だ？）

全身に倦怠感《けんたい》が燻《くすぶ》っている。けれどそれは、心地よい疲れであった。一宿一飯の恩義を果たすために人妻と交わり、未明近くまで濃密な時間を過ごしたのだから。

蒲団の中には、淫靡な残り香があった。武俊は素っ裸で眠っていたのだが、自分のものばかりではない汗と体液の匂いは、客間全体に充満しているようだ。

（気持ちよかったな）

歓喜のひとときを思い返すだけで、頬がだらしなく緩む。生まれて初めて、女性と夜を明かしたのだから。

喜美代の中で、武俊は三回も射精したのである。にもかかわらず、分身は朝の生理現象で膨張し、下腹にへばりつくほど反り返っていた。

彼女も複数回、絶頂を迎えたはずだ。ふたりとも汗にまみれたからだで抱き合い、眠りに就いたのである。

けれど、蒲団の中に彼女の姿はない。とっくに起きて、日常の営みをこなしているのではないか。

武俊も蒲団を這いだした。からだがベタついていたし、できればシャワーを浴びたい。だが、昨晩入った薪の風呂には、そんな近代的な設備はなかった。

諦めるしかないかと身を起こし、脱いだシャツやブリーフを探す。蒲団の周りにあったそれらを拾いあげ、身支度を調《ととの》えてから客間を出た。

いい匂いに導かれて、囲炉裏のある台所に行く。起きてくるのがわかっていたみたいに、食事の準備がされていた。

「おはよう。やっと起きたのね」

喜美代が悪戯《いたずら》っぽい微笑を浮かべて言う。武俊はどぎまぎし、「お、おはようございます」と頭を下げた。

彼女は昨夜のような和装ではなく、ごく普通のパンツスタイルであった。上は綿のシャツで、割烹着ではなくエプロンを着けている。髪も結っていない。

そのため、ずっと若々しく映る。化粧をしていないようなのに、肌がつやつやしているのは、男の精をたっぷり吸ったためであろうか。

などと考えたのは、普段着っぽい装いにもかかわらず、全身から人妻の色気が溢れているかに感じられたからだ。

「さ、こっちに坐って」

囲炉裏ではなく、畳敷きのところに置かれた卓袱台《ちゃぶだい》に招かれる。ご飯と味噌汁の他、漬物や煮物、卵焼きと焼き魚が並んでいた。

お腹がぐぅと鳴る。美味しそうな食卓を前にして、空腹であることを思い出したみたいに。

（ああ、なんて幸せなんだろう）

山奥の村に連れてこられたときには、どうなるのかと正直不安であった。ところが、美しい人妻に迎えられ、お酒と食事をご馳走になったばかりか、風呂もつかわせてもらった。

さらに、濃密な夜伽《よとぎ》の時間を持ち、起きれば食事ができている。どれほど高級な温泉旅館に泊まっても、ここまでのサービスは受けられまい。ブラック企業でこき使われ、疲弊させられたのを気の毒に思い、神様がご褒美を与えてくれたのか。

幸福を噛《か》み締めつつ、武俊は食卓に着いた。

「いただきます」

感激にひたって朝食兼昼食に舌鼓を打つ。そんな武俊を、喜美代が慈悲の笑みを浮かべて見守った。

「お口に合うかしら？」

「とっても美味しいです」

「だったらよかったわ。たくさん食べなさい」

「はい」

普段、起きた直後は食欲がないのに、武俊はご飯も味噌汁もおかわりをした。

（ああ、ずっとここにいたい……）

そんな思いに駆られたところで、そういうわけにはいかないのだと気がつく。

喜美代は人妻なのである。出稼ぎで不在とはいえ、夫のいる身だ。いくら惚れても無駄なのである。

彼女自身も、あくまでも一夜の関係のつもりで、寝床に忍んできたに違いない。でなければ、一宿一飯の恩義を果たせなんて言わないはずだ。

(喜美代さんとのセックスは、あれが最初で最後なのか……)

虚《むな》しさと寂しさで、やり切れなくなる。しかし、これぱかりはどうすることもできない。

だいたい、武俊も帰らねばならないのだ。特に急ぐ必要はないが、何日もお世話になるわけにはいかない。たとえ、そうしたいと望んでも。

(姫奈さんが車を持ってきたら、すぐに出発しなくちゃいけないんだよな)

昨日の口振りでは、すぐにでもガソリンを買ってくるような感じだった。何日か逗留してもかまわないし、急がなくてもいいと伝えておこうか。

(そうなったら、今度は姫奈さんのところに泊めてくれるかも)

喜美代がここまでしてくれたのだ。姫奈はそれ以上にもてなしてくれるのではないか。何しろ、こうなった原因は彼女にあるのだから。

いやらしい期待もこみ上げる。だったらさっそくと気が逸《はや》り、

「姫奈さんの家って、どのあたりなんですか？」

と、喜美代に訊ねた。

「前の道を奥に向かって一キロぐらい歩くと、右手側の山に向かう林道があるわ。そこを上がってすぐのところよ」

答えてから、彼女が首をかしげる。

「姫奈さんのところへ行くの？」

「あ、はい。車がどうなったかなと思って」

「そう」

特に気に留める様子もなくうなずかれ、武俊は少しだけ胸が痛んだ。昨夜、セックスの良さを教えてくれた人妻を前にして、別の女性とのアバンチュールを期待したことに、罪悪感を覚えたのだ。

それでいて、食事が終わるとさっそく出かけたのである。

アスファルトの狭い道を歩きながら、周囲を見回す。そこは思っていた以上に深い山里だった。右も左も山で、木が鬱蒼《うっそう》と茂っているとわかる濃い緑色だ。

人家はまったく見えない。姫奈は村に十軒ぐらいあると言っていたが、固まっておらず点在しているのか。

（ていうか、田んぼや畑はどこなんだ？）

喜美代の話では、農業を営んでいる家もあるとのことだった。なのに、農地らしきものも見当たらない。

おかげで、ひとの住まなくなった廃村に入り込んだのかと、心細くなる。念のためスマホを確認したら、相変わらず圏外だったものだから尚さらに。

けれど、緩いカーブを曲がった先の山腹に、棚田《たなだ》らしきものがあった。木々の狭間《はざま》には、家屋の屋根も見える。

(なんだ。ちゃんとひとが住んでるんだな)

ホッとして足を進めると、右手側の山に向かう道があった。距離的にも、喜美代が言った林道のようだ。

そちらはアスファルトではなく、コンクリート舗装だった。縁が崩れてひび割れもあるから、かなり古い時代のものらしい。

百メートルほど歩くと、木立に囲まれた家があった。

(ここかな?)

喜美代のところと同じように、昔からある家を改築したもののようだ。玄関の前に行き、錆《さ》びかけたスチール製の郵便受けを確認すれば、消えかかった「黒川」という文字が確認された。間違いない。

母屋《おもや》と同じ並びには車庫があった。もともと納屋か農機具小屋だったのではないか。古い木造建築の前面を大きく開けただけのものだ。

(あれ?)

武俊は首をかしげた。中が空っぽだったからだ。

そこには黒川家の車があったものと思われる。それがないと言うことは、出かけているのだろう。

だが、武俊の愛車はどこなのか。ガソリンはほとんど残ってなかったのに。

姫奈はガソリンを買ってくると言った。だから彼女の車がないのは当然としても、武俊の車は残っているはずである。

念のため、敷地内や周りを探したが、車はどこにもなかった。姫奈の家も玄関が施錠されており、声をかけても誰も出てこない。留守のようである。

諦めて家の前を離れ、それでも気になって振り返ったとき、武俊は気がついた。家の近くの電柱から、光ファイバーが引き込まれていることに。住んでいるアパートにも同じケーブルがあるからわかったのだ。

(姫奈さんの家は、光回線が通ってるんだな)

では、インターネットに接続できるのか。喜美代の家にはアナログの黒電話しかなかったが、他にもネットが通じている家があるのかもしれない。

携帯の電波が届かないのなら、有線に頼るしかない。けれど、こんな山奥の村では、住んでいるのは高齢者がほとんどだろう。姫奈や喜美代が例外で、若い世代が他にもいるとは思えない。

そうすると、ネットを利用しているのは姫奈ぐらいなのか。田舎育ちとは思えない垢抜けた感じがあったのも、世の中の情報を得ているためだと思われる。

車の所在は気になるものの、彼女がいなくては確かめようがない。武俊は諦め、黒川家をあとにした。

（帰るか）

喜美代の家に戻ろうとして、ふと足を止める。

姫奈が車にガソリンを入れてくれなければ、牝水村から出られない。どうせ時間があるのなら、ここがどんなところなのか見て回ろうと考えた。

林道は上へ続いている。高いところからなら、村が一望できるかもしれない。武俊は山頂に向かって歩き出した。

東京では自宅と会社の往復で、休日は疲れを癒《い》やすべくごろごろしていたから、運動不足だったのは否《いな》めない。そのため、林道を十分も歩くと息切れがしてきた。大した急坂でもなかったのに。

（やっぱりやめとけばよかったかな……）

引き返したくなったものの、こんなことでどうすると思い直す。

昨夜はセックスで、喜美代を絶頂に導いたのである。なのに、この程度でへこたれたら男ではない。女性を満足させるためにも体力は不可欠であり、トレーニングだと思って頑張るべきだ。

自らに言い聞かせ、何クソと足を進める。姿勢をのばし、澄んだ空気を胸いっぱいに吸い込みながら、大股で歩いた。

意気込みを強く持ったのがよかったのか。そのうち、からだが楽になってきた。坂道に慣れたためもあるのだろう。

むしろ、疲れが心地よく感じられるまでに、気分がよくなってきた。空は青く澄み渡り、緑が眩《まぶ》しい豊かな自然と、鳥の鳴き声にも癒やされる。

ハイキング気分で足取りが軽くなる。谷側の木が途切れ、景色が開けたところで見おろせば、かなりの高さまで登っていた。

「おお」

思わず声が出る。視界は木々が多くを占めていたが、向かいの山の田んぼや畑、それから人家の屋根も見えた。なかなかの絶景だ。

頬を撫でる風が心地よい。瞼を閉じて大気の匂いを嗅ぎ、目を開けると空の青さがいっそう眩しかった。

そのとき、

「え、誰？」

背後の声にドキッとする。振り返ると、十代と思しき小柄な娘が、訝《いぶか》る面持ちでこちらを見ていた。

2

「ああ、あなたが喜美代さんチに泊まったひとなのね」

名前を告げ、この村まで来た経緯を簡潔に説明しただけで、彼女が納得顔でうなずく。どうしてそのことを知っているのかと、武俊は戸惑った。

(姫奈さんが誰かに話して、それが伝わったのか？)

狭い地域なら噂が広まりやすいだろうが、ここは一軒一軒が離れている。

そんなことよりも、この子は誰なのか。ジーンズに大きめのシャツを着こなし、髪も茶色に染めている。山奥の村には不似合いな現代っ子という感じで、しかもそこらのアイドルグループにいてもおかしくない愛くるしさがあった。

「あたしは秋吉《あきよし》璃乃《りの》」

無邪気な笑顔を見せる彼女は、この村の住人だという。では、まだ高校を卒業していないのかと年齢を問えば、

「え、二十一だけど」

初対面の男に、璃乃が屈託なく答える。まさか成人女性だったとは。

彼女はくだけた言葉遣いもそうだが、少しも警戒する様子がない。武俊が喜美代の家に泊まった男だとわかっているからなのか。

「ひょっとして、璃乃ちゃんは独り暮らしなの？」

「ううん。おばあちゃんといっしょ」

「ご両親は？」

「働きに行ってるよ。遠くのほうに」

喜美代の夫と同じく、出稼ぎをしているようだ。では、璃乃自身はまだ就職していないのだろうか。

「家はこの近くなの？」

質問に、彼女は「違うよ」と答えた。

「あたしんチは、もっと上《かみ》のほう。ここには山菜を採りに来たの」

なるほど、見れば軍手をはめて、手提げ袋を持っている。

上のほうというのは、集落のさらに奥側という意味なのか。それこそ娯楽もないのだろうし、山菜を採るぐらいしかすることがなさそうだ。

（いや、まてよ）

武俊も地方出身だ。山菜なら何度か採ったことがある。

山菜のシーズンは、主に春である。雪解けのあとから、暖かくなるまでの短い期間がピークのはず。その時季はとっくに過ぎていた。

「今、山菜なんて採れるの？」

首をかしげると、璃乃は「採れるよ、いっぱい」と、にこやかに言った。

「じゃあ、ついて来て」

「え？」

返事を待たずに、彼女が林道の脇へ入った。道のないところを草や枝をかき分けて、たちまち姿が見えなくなる。武俊は慌ててあとを追った。

少し登ると林に入る。下草はあまりなく、木々の下には枯れ葉が積もっており、足がわずかに沈む感じがあった。土がかなり水分を含んでいるようである。

「ほら、見て」

璃乃が斜面を指差す。枯れ葉を押し退《の》けるようにして伸びた茎の先に、ハートみたいなかたちの葉っぱがついていた。それがそこかしこに、数本ずつ固まって株をこしらえている。

「え、これは？」

「葉ワサビ。軽く茹《ゆ》でて葉と茎を刻んで、すりおろした根っこといっしょに醤油漬けにするの。市販のワサビよりも香りがいいし、けっこう辛いんだよ」

武俊はあいにくと食べたことがなかった。けれど、話を聞いただけで味見をしたくなる。酒の肴によさそうだ。

「葉ワサビは土が湿っていて、しかも水が綺麗なところにしか生えないの」

言いながら、璃乃が脇から手を土の中に入れ、葉ワサビをひと株引き抜く。ひとつの根から、茎が四本ぐらい生えていた。

一般的なワサビは根っ子が太くて大きく、それをすりおろすのである。ところが、彼女が採ったものの根は小指よりも細く、三、四センチほどの長さしかなかった。すりおろしても量がなさそうだから、葉や茎も食べるのだろうか。

「武俊さんもやってみて。ほら、これを貸してあげる」

璃乃が手提げ袋から軍手を出す。武俊はそれをはめ、見よう見まねで葉ワサビを採った。土が軟らかく、細い根っ子も折らずに抜ける。

面白いように採れるので、武俊はいつしか夢中になった。渡されたレジ袋に、土を落とした株を次々と入れる。

「葉ワサビって、いつもこのぐらいの時季に採れるの？」

作業をしながら訊ねると、「年中採れるよ」と璃乃。

「え、年中？」

「村の山は水が綺麗だし、山の上は涼しくて、ずっと春みたいな陽気なの。他の山菜も、秋ぐらいまでの長い期間採れるんだよ」

気候もさることながら、やはり土と水がいいのではないかと武俊は思った。これだけ自然が豊かであれば、浄化作用ですべてが清められる気がする。

「だから、けっこうお金になるんだ」

「え、山菜を売ってるの？」

「うん。そのまま出荷するのもあるし、ワサビは醤油漬けにする場合が多いかな」

てっきり祖母の手伝いかと思ったのに。都会でも山菜を欲しがる人間はけっこういるし、通年で収穫できるのなら、いい商売になりそうだ。それなら、就職する必要はないのかもしれない。

「そう言えば、牝水村って若いひとが多いの？」

レジ袋がいっぱいになってから、武俊は質問した。璃乃のほうも、同じぐらい収穫している。

「え、どうして？」

「いや、ここに来てから、会うひとがみんな若いから」

姫奈が二十七で喜美代が三十三、そして璃乃が二十一歳だ。

おばあちゃんと暮らしているというから、高齢者もいるのだろう。それでも、若い世代がちゃんと残っているのが意外だった。娯楽が何もない土地から、さっさと逃げ出しそうなものなのに。

「んー、多くも少なくもないんじゃない？　ただ、生まれてくる子供は女の子ばかりだけど」

「え、どうして？」

「偉いひとの話だと、水が関係してるんじゃないかって」

こっちまでは水道が通っておらず、山の清水《しみず》を飲料水にしているとのこと。ミネラルが豊富で美味しい水なのだが、その中の何らかの成分が影響を与え、生まれてくる子供の性別が偏《かたよ》ってしまうというのだ。

「本当なの、それ？」

「って、おばあちゃんが言ってたよ。昔、この村に来た学者さんが水を調べて、そういう結論になったんだって。だから、村の女性はみんな婿を取ってきたの」

喜美代の夫も婿だと言っていた。それに、こっちに来て男を見ていない。

とは言え、眉唾物の説だと武俊は思った。水がそこまでの影響を及ぼすなんて聞いたことがない。インチキ学者が適当な推論を述べただけではないのか。

だいたい、子供の性別は受精した精子で決まるはず。婿を取るのなら、男は外部の人間だ。ならば、水の影響はないはずである。

（あれ、そうでもないのかな？）

女性の体内で精子が選別され、X染色体のものしか卵子に辿《たど》り着けないとすれば、男は生まれてこないだろう。農産物や山菜も山の水で育っているのだし、実際にそういう成分があるとすれば、影響があるのは間違いない。

（牝水村っていう地名も、そこから来ているのかも）

だが、偏った性しか生まれないと、人口は減る一方だろう。かつてはひとつの村だったところが、ここまで寂れたのも納得できる。もちろん、不便な地の利もあるのだろうが。

そのとき、もうひとつの仮説に行き当たる。

「綺麗なひとが多いのも、水の影響なのかな。姫奈さんに喜美代さん、璃乃ちゃんも可愛いし」

「え、そうかな？」

満更でもなさそうに、璃乃がにんまりする。けっこうイケてるという自覚があるらしい。

それに、姫奈や喜美代は、同性から見ても美人のはず。彼女たちと肩を並べられて嬉しいのかもしれない。

こんな不便な土地に婿入りするとなると、男は間違いなく躊躇する。よって女性には、それでもいっしょになりたいと思わせるだけの魅力がなければならない。

つまり、この土地そのものが美人を必要とし、水に不思議な力を与えたのではなかろうか。

（いや、そこまでいくとオカルトだな）

武俊は胸の内でかぶりを振った。

それにしても、かつての自分なら、面と向かって異性を褒めるなんてできなかった。璃乃に可愛いと言えたのは、喜美代をセックスでイカせられ、男としての自信がついたからだろう。

だからと言って、あどけなさの残る娘とも、いい関係になりたいと望んだわけではない。今はむしろ、姫奈のことが気にかかる。

(本当に、どこへ行ったんだろう……)

あるいはガス欠以外の不具合が見つかって、業者を呼んで街まで運んでもらったというのか。それに彼女もついていったと。

あれこれ想像しながら、璃乃に導かれて林の斜面を登る。間もなく木がなくなり、高原のような場所に出た。

(かなりいい場所だな)

雄大な眺めもさることながら、山菜採りで汗の滲んでいたからだに、涼しい風が気持ちいい。長めの芝生みたいな草が波みたいになびいており、その場をごろごろと転げ回りたくなった。

「ねえ、こっち」

璃乃が手招きする。行ってみると土があらわになったところに、十五センチぐらいの白っぽい芽が群れるように生えていた。それも、かなりの量が。

「これ、ギョウジャニンニクだよ」

それは武俊も知っていた。地元でも採れていたし、ネット通販でけっこういい値段がついていたのを見たこともある。目の前にあるものだけでも、万単位のお金になりそうだ。

だが、武俊の記憶にあるのは、葉が大きく開いた姿である。これは先端のほうが緑色になって、わずかにほころんでいる程度だ。

「葉っぱが大きくなると硬くなって、料理しないと食べられないけど、このぐらいのだったらナマでも食べられるんだよ」

「そうなの？」

「味噌をつけてもいいし、あと、そのまま醤油漬けにするとか」

それは是非とも食べてみたいと思ったとき、からだがブルッと震える。冷えたせいか、猛烈な尿意が襲ってきたのだ。

「ごめん、ちょっとトイレ」

見回すと、少し向こうに枝を広げた大きな木があった。

あの陰なら見られまいと、急いで向かう。反対側に回り、璃乃の姿が見えないのを確認してからファスナーを下ろした。

「ふう」

木の根に向かって尿をほとばしらせ、ひと息つく。水音がやけに大きく響き、そのため近寄ってきた存在に気がつかなかったようだ。

「いっぱい出てるね」

声をかけられ、心臓が止まりそうなほど仰天する。

「え？」

なんと、璃乃が中腰の姿勢で、股間をまじまじと覗き込んでいたのだ。

「ちょ、ちょっと」

焦ったものの、へたに動いたら彼女にオシッコをかけてしまう。さりとて放尿真っ盛りではしまうこともできない。

武俊はパニックに陥《おちい》った。濡れた土の匂いを含んだアンモニア臭が漂い、ますますバツが悪くなる。

(なんだっておれが小便をするところなんか見るんだよ)

村は女の子ばかり生まれるということで、男が珍しいのか。だからと言って、年頃の娘が物怖じもせず、牡の性器を観察するものだろうか。

羞恥にまみれ、なかなか止まらない尿に焦りを募らせていると、

「あー、あたしもしたくなっちゃった」

そう言うなり、璃乃がシャツをたくし上げ、ジーンズを下ろしたのである。しかも、下着もまとめて。

(え――――)

今度は別の意味でドキッとする。彼女は尻をまる出しにするとその場にしゃがみ、武俊と並んで放尿を始めたのである。

ジョボジョボジョボ……。

璃乃も溜まっていたのか、水音が武俊のもの以上に大きく響いた。ほのかにたち昇ってくるのは、甘い感じのかぐわしさだ。女の子のオシッコの匂いだから、そんなふうに感じるのか。

彼女は少しも恥ずかしがらず、気持ちよさそうに放尿を続ける。それを見おろす武俊の目には、膝でとまっているジーンズの内側に、ピンク色のパンティが見えた。しかも、白い布が縫いつけられたクロッチの裏地が。

中心が黄ばんだそこには、透明なきらめきがあった。尿なら染み込むだろうから、他の分泌物らしい。

（まさか、おれが小便しているのを見て、昂奮したのか？）

そんなことを考えたものだから、ますます目が離せなくなる。他人に見せないプライベートシーンをあからさまに披露され、心臓が鼓動を音高く鳴らした。

そのため、いつの間にか放尿が終わっていたことに気がつかなかった。

璃乃がしゃがんだまま、腰をブルッと震わせる。水音はやんでおり、すべて出し切ったようだ。

そして、彼女がこちらを見あげる。

「え？」

驚きを浮かべたあと、楽しげに白い歯をこぼした。

「やだなあ。あたしがオシッコしてるところを見てコーフンしたの？」

悪戯っぽい眼差しでの指摘にうろたえる。いつの間にか分身がふくらみ、水平近くまで持ちあがっていたことにも気がついた。

（うわ、まずい）

慌ててしまおうとしたものの、それよりも早く璃乃の手が秘茎を掴んだ。

「あぁっ！」

声を上げ、膝をカクカクと揺らす。柔らかな指が巻きつくなり、目のくらむ快感が背すじを駆けのぼったのだ。

「え、すごい」

海綿体に血液が流れ込む。脈打ちながら膨張する牡器官に、いたいけな眼差しが真っ直ぐに注がれた。

3

「オシッコしてるのを見てコーフンするなんて、ヘンタイじゃない」

なじられても反論できない。璃乃の放尿シーンに目を奪われ、勃起したのは事実なのだから。

(ていうか、最初から昂奮させるつもりだったんじゃないのか?)

武俊は、罠にかかった気がしてならなかった。大木を背にして佇み、いきり立つシンボルをまじまじと観察される状況に置かれてしまっては。

べつに、自分からこうしたのではない。彼女に指示されたのである。地面に染み込みかけた尿を踏まないよう、場所を移動して。ズボンとブリーフを足首まで落とされ、下半身をまる出しにさせられたのだ。

璃乃のほうも、パンティとジーンズを引き上げることなく、おしりをまる出しにしたましゃがんでいる。大事なところを虫に刺されたらどうするのかと、余計な心配をせずにいられなかった。

「こんなにギンギンにしちゃって」

あきれたふうに言って、彼女が再びペニスに手をのばす。筋張った筒肉に、ためらうことなく指を回した。

「うう」

うっとりする快さと、罪悪感が同時に湧きあがる。どうすればいいのかわからなくなった。

その部分は汗と、昨夜の荒淫の名残でベタついている。尿の雫だって付着しているはずだ。そんなところを、まだあどけなさの残る娘に握らせていいのだろうか。

まあ、いいも何も、彼女が勝手に触れているのであるが。

「武俊さんの、けっこう大きいね。アタマのところ、ツヤツヤしてキレイだし」

品評されて、居たたまれなくなる。亀頭の色艶を褒められても、経験の少なさを指摘された気がして顔が熱くなった。

ただ、これではっきりしたことがある。

(璃乃ちゃん、もう経験があるんだな……)

二十歳を過ぎているのだから不思議ではないが、こんな山奥の村にいて、どうやって男と知り合うのだろう。子供も女の子しか生まれないというのに。

そんな疑問も、彼女が伸びあがり、手にした肉茎に顔を寄せたことでどうでもよくなった。

「え、ちょっと——あ、あああっ！」

たまらずのけ反り、木の幹に後頭部をガツンとぶつける。しかし、痛みを感じる余裕もなかった。

璃乃が屹立を自分のほうに傾け、赤く腫《は》れた頭部を頬張ったのである。

「ンふ」

小鼻をふくらませた彼女が、目を細める。お気に入りのスイーツを口にしたみたいに満足げな表情を見せると、舌をてろてろと動かしだした。

「ああ、あ、くううう」

くすぐったいような気持ちよさに膝が笑い、坐り込みそうになる。そうなるとわかって、璃乃は木に背中をあずけさせたのか。

(最初からいやらしいことをするつもりだったんだな)

並んで放尿したのも、やはりそういう意図があってだと思われる。一緒に山菜を採っていたときには、そんな素振りは一切なかったのに。

ただ、武俊がトイレと声をかけたのがきっかけで、淫らな気分になったとも考えにくい。彼女のような若い子が、急に発情するとは思えなかった。

（てことは、その前から——）

今は頭が邪魔して見えないが、オシッコをしたときに璃乃のパンティの裏地が見えたのだ。そこには愛液らしきものが付着していた。

つまり、その前から昂り、秘部を濡らしていたわけである。

「ぷはっ」

牡の漲りを吐き出し、ひと息つく二十一歳。愛らしい面立ちと、唾液に濡れた肉棒とのコントラストが、目眩《めまい》を覚えるほどに卑猥だ。

「武俊さんのオチンチン、美味しいね。ちょっとしょっぱかったけど」

そんなこと、いちいち言わなくてもいいのに。胸の内の思いが顔に出て、眉をひそめてしまう。

「じゃあ、今度は武俊さんの番だね」

璃乃がすっくと立ちあがる。身長は武俊の首ぐらいまでしかないのに、圧倒されるのを感じた。

（え、おれの番？）

戸惑っていると、「どいて」と言われる。焦って木から離れたところ、彼女が幹に両手を突いた。腰を軽く曲げ、ヒップを背後に突き出す。

「マンコ舐めて」

ストレートすぎる要請に、脳が沸騰するかと思った。

シャツの裾が隠しているため、丸みはほとんど見えない。だが、脱いだものは膝で止まっており、ちょっとめくるだけで恥ずかしいところがまる見えになるのだ。

そこを舐めろと言われたのである。おそらく、生々しすぎる匂いと味がするところを。どうして拒めるだろうか。

動悸を激しくしながら、武俊は璃乃の真後ろに膝をついた。震える指でシャツの裾を摘まみ、そろそろとめくり上げる。

「もう」

璃乃が不満げな声を洩らす。さっさとクンニリングスをしてほしいのに、焦らされているように感じたのか。

（なんてエッチな子なんだ）

武俊も我慢できなくなり、シャツを一気にめくり上げた。

くりんと丸いおしりがあらわになる。喜美代の熟れ尻よりは小ぶりだが、かたちがとてもいい。茹で卵をふたつ並べたみたいだ。

ふわ――。

チーズを思わせる熟成臭が、秘められた部分から漂う。入浴後の人妻とは異なり、蒸れた酸味が強かった。

（これが璃乃ちゃんの……）

山菜採りに精を出し、しかも放尿までしたのだ。予想したとおり、どこかケモノじみた匂いがするのも当然である。

それでも、愛くるしい女の子の飾らない臭気ゆえ、嫌悪感などまったくない。むしろ、もっと嗅ぎたくなる。

ところが、膝に止まったボトムのせいで、太腿が閉じられている。おしりの割れ目も少ししか開いておらず、秘苑の佇まいもよくわからない。

「これ、脱がせてもいい？」

許可を求めると、璃乃が「いいよ」と答える。ならばと、武俊はジーンズとパンティをずり下ろし、片足から抜いた。膝を離させ、腰もさらに突き出させる。

それにより、熱気のような媚香が放たれる。臀裂がぱっくりと開き、羞恥部分が全貌を現した。

(ああ、璃乃ちゃんのアソコ)

ようやく全貌を晒した女芯部は、短い恥毛がぽわぽわと萌《も》える、もうひとつの小さなおしりだった。縦ミゾからは何もはみ出していない。

顔と同じく、あどけない眺めの性器。そのくせ、合わせ目は滲み出したもので濡れ、太陽の光をきらめかせるのだ。オシッコだけとは思えない。やはり昂って、いやらしい蜜をこぼしていたのではないか。

「ねえ」

また焦れったげな声を洩らし、璃乃が秘割れをキュッとすぼめる。すぐ上にあるピンク色のアヌスも、綺麗な放射状のシワを収縮させた。

(おしりの穴も可愛いぞ)

胸をときめかせながら顔を寄せると、刺激的なかぐわしさが強まる。可憐な佇まいとのギャップもたまらず、武俊は秘め園にくちづけた。

「あふン」

軽く触れただけで、切なげな喘ぎがこぼれる。昂りで全身が火照り、敏感になっていたらしい。

ならばと合わせ目に舌を差し込むと、キュートな丸みがビクンとわななく。「あ、あっ」と、焦ったような声が聞こえた。

内側には、温かくて粘っこい蜜が溜まっていた。それをぢゅぢゅッと音を立ててすすり、舌を躍らせる。

「んぅう、き、キモチいい」

璃乃が愛らしい声で悦びを訴える。自ら望んだだけあって、舐められるのが好きなのだろう。だからこそ、洗っていない性器もためらわず与えられたのだ。

（ああ、美味しい）

武俊のほうも、素のままの姫割れに夢中であった。貪欲に味わい、放たれる淫香を鼻を鳴らして吸い込む。

敏感な肉芽を狙って探ると、「あひぃッ」と鋭い声がほとばしった。

「そ、そこぉ」

お気に入りのポイントをしっかり捉えたようだ。包皮に隠れたものをほじるようにねぶると、ふっくら臀部が感電したみたいに震えた。

「あ――あっ、あ、くぅう」

切なげによがる姿に、愛しさがふくれ上がる。

若尻に顔を埋めた武俊の鼻は、秘肛に当たっていた。そこがヒクヒクするのがわかり、ちょっかいを出したくなる。

(ここも舐めたら感じるのかな？)

興味も湧いて、秘核から舌をはずし、可憐なツボミへと移動させた。

「キャッ」

ペロリとひと舐めしただけで、小さな悲鳴が聞こえる。だが、たまたま舌が当たったと思ったのか、咎められることはなかった。

それをいいことに、チロチロとくすぐるように舐める。

「きゃんッ。え、あ、ちょっと――」

さすがに意図的だと気づいたようで、璃乃が腰をよじって逃げようとする。武俊は若尻を両手でがっちりと固定し、決して放さなかった。

「だ、ダメ……そこ、バッチイのぉ」

放尿後の性器は平気で舐めさせても、肛門は抵抗があるらしい。そこは熟成された汗の香りがしただけで、他の臭気も付着物もなかったのに。

よって、武俊は少しもバッチイなんて思わず、舌を律動させたのである。

「ああん、ば、バカぁ」

なじりながらも、彼女はアヌスをせわしなくすぼめる。まるで、もっと舐めてとせがむように。

勝手にそう解釈して、尖らせた舌を突き立てる。括約筋《かつやくきん》の抵抗に逆らい、直腸への侵入を試みた。

「ううう、た、武俊さんのヘンタイ」

侮蔑《ぶべつ》の言葉にも、（どうせおれは変態だよ）と開き直る。そもそも、男と連れションをするような女の子に言われたくはなかった。

そのうち、璃乃の反応に変化が現れた。

「あふ……ンうう、う——いやぁ」

艶めいた喘ぎ声に、武俊は（おや？）と思った。

（ひょっとして、感じてきてるのかな？）

確かめるべく指を這わせれば、恥芯は多量のラブジュースでしとどになっていた。

（うわ、すごい）

アナル舐めで滴《したた》った唾液も混じっているのだろうが、秘肉の裂け目は摑み所がないほどヌルヌルだ。ほとんどは愛液であろう。

武俊はいったん顔をはずし、ハッハッと息をはずませる娘に報告した。

「璃乃ちゃんのここ、すごく濡れてるよ。おしりの穴を舐められて感じたんだね」

「う、ウソよ、そんなの」

「本当だよ」

指を膣口にあてがい、ちょっと力を加えただけで、あっ気なく入ってしまう。

「はうううう」

璃乃がのけ反り、尻の割れ目をぱくぱくさせた。

「ほら、エッチなお汁がいっぱい出てきてるから、指も簡単に入っちゃった」

「あああ、し、しないでぇ」

狭い洞窟が、侵入物をキュウキュウと締めあげる。内部はヒダが粒立っており、それが奥へ誘い込むように蠕動《ぜんどう》するのだ。

(これ、すごく気持ちよさそうだぞ)

ペニスを入れたらあまりに良すぎて、早々に果ててしまうのではないか。

彼女のほうも、クリトリス以上に膣が感じるらしい、指を小刻みに前後させるだけで、「ああっ、あ」とトーンの高い声がほとばしった。

(よし、だったら)

武俊は指ピストンをしながら、再び肛穴をほじり舐めた。それにより、爆発的な快感が生じたようである。

「イヤイヤイヤ、そ、それダメぇええええっ！」

高原いっぱいに響くよがり声を張りあげ、璃乃が下半身をガクガクとはずませる。

武俊は必死に食らいつき、舌と指で攻め続けた。

ヌチュヌチュヌチュ……くぷっ――。

蜜穴が猥雑な音を立てる。唾液を塗り込められるアヌスも、柔らかくほぐれてきたようだ。舌先が入り込み、括約筋がキュッキュッと抵抗する。

「ふはっ、ハッ、あああ、お、おしりぃ」

焦った声をあげたのは、排泄時と似たような感覚が生じたからか。間違っても粗相《そそう》をしてはならないと、必死で堪えているようだ。

そんな姿を見せられると、ますます苛《いじ》めたくなる。武俊は膣攻めの指を二本にし、より気ぜわしいピストンを繰り出した。

「ダメダメ、そ、そんなにされたら、あ、あたし……」

すすり泣き交じりに嘆いた娘が、裸の下半身をぎゅんと強ばらせる。

「あひっ、ひ――いいいいいっ！」

喉から空気のような声を絞り出したのち、がっくりと脱力した。

(え、イッたのか?)

急角度で昇りつめたふうで、唐突に感じられたのだ。それでも、木の幹にしがみつき、ハァハァと呼吸をはずませているから、本当に絶頂したようである。

女性をイカせたのは、これでふたり目だ。しかも、二日続けてである。異性に縁のない人生を送ってきたのに、一気に運が向いてきたのだろうか。

(これなら姫奈さんとも――)

と、希望をふくらませる武俊であった。

## 4

「武俊さんって、おしりフェチなの?」

呼吸を整えた璃乃が振り返り、最初に発した質問がそれであった。

「え、そんなことはないけど」

「だったら、どうしておしりの穴ばっかりペロペロしたのよ?」

アヌスだけではなく、ちゃんとクリトリスも舐めたのである。まあ、可憐なツボミに惹かれて、早々にやめてしまったのは間違いないが。

「璃乃ちゃんのおしりの穴が、すごく可愛かったからだよ」

理由を告げると、彼女はうろたえたふうに目を泳がせた。

「か、可愛いって……キタナイところなのに」

理解し難いという面持ちを見せられ、武俊はムキになった。

「汚くなんかないよ。ウンチの匂いもしなかったし」

余計なことを言ってしまい、璃乃の顔が紅潮した。

「ば――――バカッ」

涙目になって憤慨する。オシッコをしたあとの性器の匂いも嗅がれたのだと、今になって思い至ったのかもしれない。

そして、対抗するみたいに、とんでもないことを言い放った。

「ひょっとして、喜美代さんのおしりの穴もペロペロしたの？」

今度は武俊が動揺する番だった。そんなことはしていないが、夫の留守を守る人妻と、濃密な一夜を過ごしたのは事実なのだ。

(ひょっとして、おれが喜美代さんとセックスしたのを知ってるのか？)

いや、ただ難クセをつけているだけに決まっている。そう思おうとして、もしかしたらと不安に陥ったのは、璃乃が自信ありげに睨みつけていたからである。

おかげで、武俊は否定できなかった。これでは認めたも同然だ。

けれど、彼女はそれ以上追及することなく、再び木の幹にしがみつくポーズを取った。まだ舐められたいのかと思えば、

「ほら、立って」

と、命令する。武俊が言われたとおりにすると、

「わ、すごい」

力を漲らせて反り返る牡器官に、いたいけな眼差しが注がれた。

「さっきよりも大きくなってるじゃない。アタマもパンパンになってるし。お汁もいっぱい垂れてる」

事実、鈴口に溜まった透明な粘液が表面張力の限界を超え、筋張った肉胴を伝っていたのである。

「オチンチン、マンコに挿《い》れて」

ヒップを掲げ、左右にくねらせる。淫らすぎるおねだりに、勃起がビクンとしゃくり上げた。

二日続けてセックスができるなんて。しかも、今度は二十一歳の愛らしい娘だ。若

くても、三十三歳の人妻と同じぐらいに大胆でいやらしい。

（この村の女性は、男と会ったらしたくなるのか？）

女の子しか生まれないものだから、村の中にいては出会いがなく、数少ない機会をモノにしようと行動するのだろうか。ということは、姫奈ともチャンスがあるのではないか。

（いや、今は璃乃ちゃんとするんだから）

こんな状況で他の女性のことを考えるなんて、どちらにも失礼である。

目の前のぴちぴちした肢体に気持ちを向けて、武俊は前に進んだ。腰を落とし、反り返るイチモツを前に傾ける。

入るべきところがあらわになっているため、迷うことはない。肉槍の穂先を縦ミゾに密着させ、上下にこすって蜜汁をなじませると、

「ああん」

璃乃が切なげに嘆き、腰をブルッと震わせた。

「は、早く」

待ちきれないという態度をあからさまにされ、気が逸る。「わかった」と返事をして、武俊は蜜窟に分身を侵入させた。

「あはぁっ！」

狭い穴をこじ開けられ、若尻がわななく。嬌声とともに谷がキュッとすぼまり、強ばりを強く締めつけた。

「ああ」

武俊も感動の声をあげる。指を挿れたとき、交わったらきっと気持ちいいだろうと予想したが、それ以上の蕩けるような歓喜を味わった。

（これ、よすぎる）

さらなる悦びを求めて、秘茎を抜き挿しする。そうせずにいられなかった。

「あ、あん、いい、もっとぉ」

璃乃が乱れる。アナル舐めと指ピストンで昇りつめた直後だから、肉体が容易に淫らモードになったと見える。

（うう、たまらない）

武俊のほうも身が震える心地を味わった。粒立ったヒダをくびれの段差が掘り起こすことで、強烈な快美感が生じたのである。

息をハッハッと荒ぶらせ、腰を前後に振る。ただ、彼女が小柄なため、膝を曲げた中腰の姿勢で挑まねばならず、かなり大変であった。

それでも、自らの快楽のためと、璃乃を感じさせるために奮闘する。太腿の筋肉が悲鳴を上げるのもかまわずに。

「ああっ、ああっ、あん、硬いオチンチン、好きぃ」

あられもなくよがる彼女は、まん丸おしりをぷりぷりとはずませる。その切れ込みに見え隠れする肉棒は、白く濁った恥液をまといつかせていた。

卑猥な光景に煽られて、腰づかいの速度が増す。かき回される女膣が、ヌチュヌチュと粘っこい音をこぼした。

（あ、まずい）

急角度で上昇する予感があり、武俊は焦った。このままでは、璃乃を満足させる前に爆発してしまう。

だからと言ってピストン運動をセーブすれば、彼女が不満を訴えるのは確実だ。もっと激しくしてと、くねる下半身がせがんでいる。

ならばと、武俊は人差し指を口に含み、唾液をまといつかせた。尻割れの狭間に差し入れて、ペニスが出し挿れされる真上、ヒクヒクと蠢く愛らしいツボミを悪戯する。

「ひゃううっ」

璃乃の喘ぎ声がトーンを変えた。性感曲線がまた一段、高いところに上がったみたいに。

「だ、ダメ、おしりは——」

などと言いながら、その部分は気持ちよさげに収縮する。舌を受け入れたあとで、指もやすやすと入りそうである。

事実、中心を軽く押しただけで、つぷっと第一関節まで呑み込んだ。

「いやぁあああああっ！」

盛大な悲鳴がほとばしる。アヌスの輪っかが、指をキツく締めあげた。同時に、膣内の肉根も強烈な締まりを味わう。

「イヤイヤ、ぬ、抜いてぇ」

言われても、端《はな》っから従うつもりはない。ペニスの抽送に合わせて、指もくちくちと小刻みに出し挿れした。

「イヤっ——あ、ああっ、ダメなのぉ」

拒絶の声が艶めきを帯びる。本心から忌避しているわけではない。肛門をいじられて感じるのを認めたくなくて、抵抗しているのだ。

だったら、是が非でも認めさせたい。自分がおしりの穴でよがる、いやらしい女の子なのだと。

武俊は指をさらに深く挿れた。膣方向に曲げると、直腸と膣の壁を介して、ゴツゴツした肉棒の動きがわかる。

「あ、あ――」

のけ反って喘いだ璃乃が、四肢をピクピクさせる。新たな感覚が生じたらしい。それも、悦びを高めるものが。

「ダメ、そこ……ヘンになるぅ」

苦しげでありながら、どこかうっとりした声音。やはり快感を得ているのだ。武俊は女芯を深く貫きながら、指ピストンも継続させた。

若い女体を責め苛《さいな》むことに集中したおかげで、自身の上昇を抑えられる。太腿の痛みも、武俊はいつしか忘れていた。明日には筋肉痛になって、それで思い出すかもしれないが。

璃乃のほうは順調に高まり、時間をかけることなく高潮を迎えた。

「あああ、お、おかしくなる……イクぅ」

愉悦の極《きわ》みで、裸の下半身をガクンガクンとはずませる。肛門と膣の締まりも強烈になり、武俊もいよいよ限界だった。

「うう、お、おれも、もう」

射精が近いことを告げると、璃乃は頭を左右に振って髪を乱した。

「な、ナカはダメぇ」

「わかった」

歯を食い縛って耐え、彼女が「イクイクイク」とアクメ声を放ったところでペニスを抜いた。

びゅるんっ——。

濃厚な白濁液の固まりが、糸を引いて飛ぶ。ツヤツヤした臀部に、淫らな模様を描いた。

濡れた分身を、武俊が左手でしごいたのは、右手の指がアヌスにはまったままだったからだ。腰と膝が砕けそうだったが、ヌルヌルと摩擦して、ありったけのザーメンを絞り出す。

「くはっ、ハッ、はふ」

荒ぶる呼吸を持て余し、最後の雫をじゅわりと溢れさせたところで息をついた。

「ああ……」

璃乃が膝を折り、その場に坐り込む。指が秘肛からはずれ、濡れたところがひんやりした。

確認すると、白く泡立ったもの以外、特に付着物はない。鼻先に寄せても、風呂の残り湯みたいな匂いがするだけだった。普段から直腸内やアヌスを清潔にしているらしい。

もっとも、その部分を悪戯されると見越してではあるまいが。

璃乃がこちらを振り仰《あお》ぐ。息をはずませながら悩ましげに眉根を寄せ、

「……ヘンタイ」

と、甘い声で罵った。

# 第三章　女のカラダも耕して

## 1

その日、姫奈からの連絡はなかった。喜美代に電話を借りて掛けたものの、呼び出し音が虚しく鳴り続けるばかりだった。

「用ができて出かけたんじゃないの？　姫奈ちゃん、けっこうあちこちに行ってるみたいだし」

喜美代の言葉に、武俊はもしやと訝った。

（まさか、彼氏とヨリを戻したんじゃないよな？）

サービスエリアにいた姫奈は、彼氏と喧嘩をして、置いて行かれたと打ち明けたのだ。そんな男とは別れたほうがいいと言ったら、彼女はそのつもりだと答えたものの、あとで謝罪の電話があって、あるいは本人がこっちまで迎えに来るなどして、今もそいつと一緒にいるのではないか。

しかも、夜になっても連絡がつかないということは、朝までふたりで過ごす可能性がある。確実にそうだと決まったわけではないのに、あるいはと考えるだけで胸が張り裂けそうだった。

姫奈の彼氏がどんな男か、喜美代に訊ねようとして思いとどまる。知っているとは限らないし、もしかしたら付き合っている相手がいるのを、村の人間には秘密にしているかもしれない。

何より、そいつが武俊の到底敵《かな》いそうもない、金持ちで美形の男だなんて教えられた日には、劣等感に苛まれるばかりであったろう。

「まあ、そのうち戻ってくるだろうから、心配しないで。べつに急いでるわけじゃないんでしょ？　ウチでゆっくりしてればいいわよ」

喜美代はむしろ歓迎するような口振りだった。夫が仕事で不在だから、男にいてもらったほうが何かと心強いのか。

いや、他の理由も考えられる。

その晩も喜美代に美味しいご飯をご馳走になり、風呂も使わせてもらった。蒲団に入り、ひょっとして今夜もと、人妻の夜這いを期待半分で待っていたところ、彼女は忍んでこなかった。

零時過ぎまで待っても現れず、武俊は落胆しつつもホッとしたところがあった。昼間、璃乃を相手に二度も射精し、多少なりとも疲れていたからだ。

バックスタイルで昇りつめた娘は、その前にも舌と指でイカされたのである。満足しただろうと思っていたら、さらに求めてきたものだから戸惑った。

『おしりの穴ばっかりイタズラするヘンタイは、懲《こ》らしめてあげなくちゃ』

武俊は、木の幹につかまって尻を突き出すポーズを命じられた。ひょっとして同じことをされるのかと戦々恐々としたものの、彼女は後ろから回した手で秘茎をしごき、陰嚢《いんのう》に舌を這わせた。

汗をかいて蒸れた、しかも縮れ毛にまみれた玉袋を舐められるのは心苦しかったものの、ゾクゾクする悦《よろこ》びがもたらされたのも事実。おかげで、多量にほとばしらせて萎えた分身も、時間をかけることなく復活した。

璃乃は唾液で濡らした指で肛門をヌルヌルとこすり、武俊がくすぐったい快さに身悶えると、

『自分だって、おしりの穴で感じるんじゃない』

と、勝ち誇った声で告げた。

それから、ふたりは場所を入れ替わった。彼女はクンニリングスをせがみ、あろうことか、自らアナル舐めを求めたのである。もともとそれが好きだったわけではなく、武俊によって目覚めさせられたらしい。

閉じた肛穴が柔らかくほぐれるまで舌奉仕をさせたあと、璃乃はペニスをしゃぶり、そちらにも唾液をたっぷりとまといつけた。もしやと思っていると、案の定、アナルセックスをせがんだのである。

『指もキモチよかったし、オチンチンだともっとよくなりそうな気がするの』

好奇心にきらめく眼差しで告げられ、ためらいつつも要請に応じる。武俊自身、可憐なツボミを犯したい気分が高まっていたのだ。

とは言え、そこは体内の不要物を出す器官だ。何かを受け入れるようにはできていまい。慎重に事を進める必要があろうと、時間をかけて挿入を試みた。

結果的に、根元まで挿入するのは無理だった。棹の半ばまでが限界で、それ以上挿れたらおしりが壊れると、璃乃が拒んだのである。

そのくせ、小刻みに出し挿《い》れすると悩ましげに喘ぎ、自ら秘核を刺激することで昇りつめた。『イクイク』と、甲高《かんだか》いアクメ声を放って。

それを見届けた武俊も、強烈な締まりに我慢できず爆発した。ノーマルのセックスでは中出しができなかった代わりに、彼女の直腸に牡汁を放ったのである。

かくして、濃密なひとときを過ごしたため、山菜採りの続きというわけはいかなくなる。ふたりは山を下りると、ふもとで別れた。

愛らしい娘との行為を思い返し、武俊は勃起した。ムラムラして、オナニーをしたくなったけれど我慢する。明日の朝、喜美代にイカくさいティッシュを見つけられ、夜這いを期待したのに何もなかったから、ひとりで処理したのかなんて思われたくなかったのだ。

そのため、またも寝坊して目を覚ましたとき、朝勃《あさだ》ちのペニスはギンギンであった。思わず握りしめてしごき、精液を出したくなったが思いとどまる。

(まったく……朝っぱらからオナニーをするなんて、完全に欲求不満じゃないか)

服を着て客間を出る。股間のふくらみを見つからないよう注意して、台所にいた喜美代に朝の挨拶をした。

「おはよう。よく眠れた?」

そう言った彼女の眼差しはどこか思わせぶりで、《わたしが寝床に行かなくて残念だった?》と、暗に問いかけているかのよう。武俊は気がつかないフリをして、

「はい、とても」

と答えた。そのくせ、ブリーフの中で勃ちっぱなしの肉根を、未練がましく脈打たせたのである。

遅い朝食を食べていると、野菜をもらってきてほしいと喜美代に頼まれる。

「ウチで食べている野菜は、藪下《やぶした》さんから譲ってもらっているのよ」

そのお宅は農業を営んでおり、姫奈の家があるところよりも少し奥側、道から見て左手側の山にあるという。

(ひょっとして、あそこかな?)

武俊は思い出した。昨日、璃乃に会った場所で向かいの山を見たとき、農地や家の屋根が見えたのを。

「山の上のほうにあるお宅ですか?」

確認すると「そうよ」と言われる。

「ひょっとして、昨日、藪下さんのところに行ったの?」

璃乃との蜜事のあと、武俊は喜美代の家に帰ってから、村の中をあちこち見て回っていたと言い訳したのだ。

「ああ、いえ。姫奈さんが留守だったので、そこから山のほうに登ったら、向かいに田んぼや家が見えたんです」

「そうなの？　うん、そのお宅よ」

やはり間違いないらしい。だったら迷わず行けるだろう。

「そこまで登ったのなら、璃乃ちゃんに会ったんじゃない？」

喜美代に訊《き》かれて、武俊はドキッとした。

(え、どうして知ってるんだ？)

内心でうろたえつつ、平静を装って答える。

「山菜を採ってた子ですよね。はい、会いました」

「でしょうね。あの子、よくあのあたりにいるから」

うなずいた人妻は、それ以上何も訊かなかった。肉体関係を持ったことがバレるのではないかとひやひやしたから、武俊は安堵した。

その一方で、思い出したことがある。

(璃乃ちゃん、おれが喜美代さんとセックスしたこと、知ってたみたいなんだよな)

アナル舐めと指ピストンで辱《はずかし》められた悔しさから、当てずっぽうで言ったのかもしれない。だが、確信しているようにも感じられたのだ。

そもそも、喜美代の家に泊まったことを、璃乃がどうして知っていたのかも疑問である。今も喜美代から璃乃の話題が出たし、ひょっとして自分の行動は、村の人間に筒抜けなのだろうか。

(――て、そんなことあるわけないだろ)

携帯の電波もない山奥で、簡単に情報が伝わるはずがない。家同士だって離れているのだ。

だいたい、どうしてそんなスパイみたいなことをされなければならないのか。この村へは姫奈を助けて、たまたま訪れることになっただけなのに。

要は姫奈に会えず、愛車の在処《ありか》もわからないため不安になり、疑心暗鬼になっているだけなのだ。そうに違いない。

野菜を入れるためのクーラーボックスを預かり、武俊が土谷家を出発したのは、お昼前だった。昨日も歩いた道を進み、思いついて先に姫奈の家に立ち寄る。

声をかけても、引き戸を叩いても応答はない。やはり不在のようだ。車庫にも家の前にも、車は停まっていなかった。

(ていうか、姫奈さんは独り暮らしなんだな)

今さらそのことに気がつく。他に家族がいれば出てくるはずだし、たとえば洗濯物が干してあるとか、何らかの痕跡があるだろう。それがないということは、寂れた村の一軒家に、たったひとりで生活しているのだ。

喜美代もひとりだったが、離れて暮らしているとはいえ夫がいる。寂しさは比べようもなく、そのため頻繁に外出しているのかもしれない。

『姫奈ちゃん、けっこうあちこちに行ってるみたいだし――』

喜美代もそう言っていた。もしかしたら、婿になってくれる男を探して、街に出ているのだろうか。ネットが使えるようだし、出会い系サイトでも利用して。

親がいないのなら、さっさと村を出ても良さそうなものである。それとも、生まれ育ったところだから、離れがたいというのか。

だとしても、焦るあまり妙な男に引っかかってほしくない。それこそ、高速のサービスエリアに置いてきぼりを喰らわすような、思いやりのかけらもないやつに。

(だったら、いっそのことおれが――)

婿になって、ここで一緒に暮らしてもいい。出稼ぎで寂しい思いをさせたくないし、農業や山菜採りで生計を立てればいいのだ。

そこまで決意を固め、いや、先走りすぎだと自らを諌《いさ》める。姫奈が自分を好いてくれると決まったわけでもないのに。

(もしもおれを気に入ってくれたのなら、男漁りに出かける必要はないんだものな)

そもそも、彼女がどうして留守にしているのか、その理由だって明らかになっていないのである。

とにかく、今は帰ってくるのを待つしかない。それまでは喜美代のところで世話になるしかないのだし、手伝いぐらいはする必要がある。何もせずにただ飯を喰らうなんて、真っ当な人間のすることではない。

思い直して、藪下というお宅へ向かう。姫奈の家へ向かう林道の入り口から、さらに上の方向へ二百メートルほど歩くと、左手側に向かう道があった。

そちらはアスファルト舗装で、昨日璃乃と会った山の道よりも広めである。田畑があるから作業車や、出荷用のトラックが通るため、幅を取っているのだろうか。

もっとも、家があるところに辿り着くまで、ひとも車も通らなかった。

2

（ここかな？）

山の中にしては広い敷地に、歴史のありそうな日本家屋が建っていた。

庇《ひさし》を支える柱も太くて立派だ。黒光りする屋根がかなり高いのは、もともと茅葺《かやぶ》き屋根だったところに鋼板を張ったためだろう。田舎には、こういう家がよくある。

玄関に進むと、引き戸の上に「藪下」という木彫りの表札があった。ここで間違いない。呼び鈴のボタンがあったので押そうとしたとき、脇に札が下がっていることに気がついた。筆で書いた綺麗な字で、

《上の畑にいます》

と、ある。どうやら農作業の最中らしい。

喜美代には藪下という家の名前しか聞いておらず、どんなひとが住んでいるのかまではわからない。だが、農業をしているのなら、婿が担《にな》っているのではないか。だとすれば、ここに来て初めて男性と会うことになる。どんなひとかなと幾ぶん緊張の面持ちで、武俊は屋敷の奥側にある道を上った。《藪下家農地》という案内表示があったのだ。

そちらには、斜面を活用した棚田があった。かたちや大きさもさまざまな田んぼが、屋敷がある敷地のかなり下側まで続いている。

稲作をしている家は他にもあるそうだが、平地はほとんどなさそうだし、みんなこういう田んぼなのだろう。まだ穂の付いていない青々とした稲が風にそよぎ、なかなかに壮観だ。

畑は、田んぼの上側にあった。遠目で、作業をしている人間がふたり見える。鍬《くわ》で畝《うね》をこしらえているようだ。

（夫婦かな？）

思ったものの、それほど近づかない段階で、どちらも女性だとわかった。

鍔《つば》の広い帽子を被り、灰色のだぶついたズボンに白いシャツという服装も同じ。違うのは長靴の色ぐらいで、カーキ色と紫だった。

そうすると親子か、あるいは姉妹なのか。どちらにせよ、中年以上のご婦人だろうと思い込んだものだから、顔が見えて驚く。かなり若かったのだ。

「あの――」

テニスコートぐらいありそうな畑の脇から声をかけると、ふたり同時にこちらを向いた。ひとりは武俊と年が変わらぬぐらいで、もうひとりは三十路前後であろうか。

そして、若いほうがこちらに歩み寄ってきた。

「何かしら？」

「あ、あの、喜美――っ、土谷さんに頼まれて、野菜をいただきにまいりました」

うろたえ気味に用件を告げたのは、くっきり眉毛の気の強そうな彼女に、気圧《けお》されたためである。身長も女性にしては高い方だし、有名な美人アスリートが脳裏に浮かんだ。

（やっぱりこの村の女性って、綺麗なひとばかりなんだな）

もうひとりはおとなしそうながら、やはり整った顔立ちである。似ていないから、姉妹ではなさそうだ。

「あなたって、喜美代さんのところに泊まっているひと？　天木とかっていう」

若いほうの女性が訊ねる。名前まで知っていたものだから、武俊は不審を抱いた。

（やっぱり、おれのことが村中に伝わっているみたいだぞ）

面積は広いようでも、世間的に狭い土地柄だから、何でもかんでも知れ渡るのか。立ち話ではなく、電話で情報を教えあうとかして。

（ていうか、他に娯楽がなくて暇なのかも）

インターネットだって、あることないこと発信するのは、暇な連中と相場が決まっている。誹謗中傷されないだけ、こっちのほうがマシかもしれない。

「ええ、はい。天木武俊といいます」

先に名乗ると、

「わたしは藪下ユキよ」

と、自己紹介をされる。つまり、彼女がこの家の人間なのだ。

（こんなに若いのに、農業をしているのか）

農地も含めて、ユキが藪下家を継がねばならないのか。本当に男が生まれないのだなと、改めて納得する。

（そうすると姫奈さんも、跡継ぎにさせられたのかな？）

田んぼや畑は近くになかったが、山林などの不動産があるために、村を離れられないのかもしれない。

と、ユキが腕時計を見て、背後を振り返った。

「麻衣子《まいこ》さん、今日はもう上がっていいわ。代わりが来たから」

「あ、はい」

返事をしたもうひとりの女性が、こちらにやって来る。武俊を見て、ぺこりと頭を下げた。

「こちらは鳴神《なるがみ》麻衣子さん。ウチの仕事を手伝ってもらってるの」

紹介されて、武俊も「どうも」と頭を下げた。

明らかに麻衣子のほうが年上なのに、ユキが目上っぽく振る舞っているのは、使用人だからなのか。まあ、単に気が置けない間柄とも考えられるが。

（待てよ、代わりって？）

それは自分のことなのかと、武俊は眉をひそめた。

「鍬と軍手は置いていって。すぐに使うから」

「はい」

「じゃあ、予定通り、あしたね」

「はい。よろしくお願いします」

畑の脇に軍手と鍬を残し、麻衣子が立ち去る。気が置けないのではなく、ユキとのあいだに確固たる上下関係があるように感じられた。

（弱みでも握られてるんだろうか？）

ひょっとして、ただ働きをさせられているのかと、武俊は考えた。ユキは性格がキツそうだし、充分にあり得るなと。

「あなた、お昼ご飯は？」

唐突に訊ねられ、武俊はうろたえた。

「え？　ああ、あの、済ませてきました」

あれは朝ご飯だったが、時間も遅かったし、ブランチみたいなものである。

「そう。だったら、すぐに始めてちょうだい」

「え、何をですか？」

「畑仕事よ。麻衣子さんが置いていった軍手と鍬を使ってちょうだい。ええと、長靴は——ちょっと待ってて」

ユキがその場を離れる。向かった先は、畑のはずれにある小屋だった。農機具や肥料などがしまってあると見える。

(いや、畑仕事って……)

ふたりが作業していた場所を、武俊は戸惑いつつ眺めた。

すでに全体を耕してあるのか、土は乾いておらず、黒々としている。あとは畝をこしらえればいいようながら、まだ半分も終わっていなかった。

つまり、その続きをやれということらしい。

子供の頃、親戚の家に行って手伝いをしたことがあったから、まったくの未経験ではない。鍬の使い方ぐらいは心得ている。

しかし、どうして自分がしなければならないのか。

(代わりが来たって言ってたのは、あれ、おれのことなんだよな)

ひとを雇う手筈になっていて、そこに自分が来たものだから、勘違いをしているのではないか。

ユキが戻ってくる。手に黒い長靴を持っていた。

「これならサイズが合うでしょ」

渡されて、武俊は急いで説明しようとした。

「あの、おれは野菜を」

ところが、皆まで言わないうちに、彼女に怪訝な顔をされる。

「喜美代さんに聞いてないの？」

「何をですか？」

「タダで野菜をあげられるわけがないじゃない。ウチは労働の対価として、米や野菜を譲ってるのよ」

そんなことは初耳だった。

「え、そうなんですか？」

「そうよ。さっさと準備しなさい」

急かされて、仕方なく長靴に履き替える。軍手をはめ、鍬を持った。

「ほら、これも」

ユキが首に巻いていた手ぬぐいをはずし、武俊の首に巻く。ぬくみがあって、ほんのり湿ったそれからいい匂いがしたものだから、胸が高鳴った。

（ユキさんも、女のひとなんだ……）

当たり前のことに、今さら感動する。居丈高《いたけだか》な言動に反撥《はんぱつ》しかけていたのに、素直に従おうという気にさせられた。

「じゃあ、わたしはお昼を済ませるから、そのあいだひとりで頑張って」

などと言われたのにも、素直に「はい」と返事をする。

武俊は畑の中に入った。畝作りの目安になるよう、紐が一定間隔で張られていたので、慣れていない自分にもできそうだ。

とは言え、久しくやっていなかったから、最初からスムーズにとはいかなかった。

（ええと、こうだったよな）

記憶を手繰《たぐ》り、土に鍬の刃を入れる。サクッと小気味よい音がして、かなりやりやすい畑であったが、すぐに腰が痛くなった。

それでも、ユキに認めてもらいたい一心で、畝作りに精を出す。スピードが望めないぶん、丁寧な作業を心がけた。

ふと彼女のほうを見ると、いつの間にか畑のそばにブルーシートを敷き、その上でおにぎりを食べていた。あらかじめ用意してあったらしい。

（昼跨ぎで仕事をするつもりだったんだな）

もしもお昼を食べていないと言ったら、あそこで一緒におにぎりを食べられたのだろうか。やけに美味しそうに見えたものだから、惜しいことをしたなと後悔する。

いや、働かざるもの食うべからずだと考えを改め、休みなく鍬を動かす。途中だった列を終え、次の列に移動したところで、ユキがやって来た。

「ふうん。けっこう上手じゃない」

相変わらずの上から目線ながら、褒められて単純に嬉しい。おまけに、

「腰がつらくなったら、休み休みやりなさい」

いたわる言葉を告げられ、図らずも感激してしまった。

(けっこういいひとじゃないか)

おかげで、ますます頑張ろうという気持ちになる。

「ユキさんは、おひとりで農業をされてるんですか?」

作業を続けながら質問すると、彼女は「そんなことないわ」と答えた。

「ウチは母も祖母も元気だし、普段は三人でやってるの。まあ、今日みたいに手伝ってもらうことはあるけど」

「じゃあ、お母さんとお祖母《ばあ》さんは、今日は家に?」

「ううん。旅行に出かけてるの」

家に誰もいないから、ああして不在の札を出しておいたらしい。

（ていうか、家族に男はいないみたいだな）

それとも、喜美代のところと同じく、出稼ぎに行っているのか。ユキの父親なら還暦ぐらいだと思われるし、まだ充分に働ける年であろう。

ただ、早世した可能性もあるから、余計なことは訊ねないでおいた。ところが、

「まあ、以前は男手もあったんだけどね」

さらりと口にされ、ドキッとする。父親のことで、やはり亡くなったのかと思ったのだ。

「男手というと？」

「旦那よ。別れちゃったけど」

予想もしていなかったことを言われ、武俊は驚いた。

「え、結婚されてたんですか？」

「そうよ。別れて一年ぐらい経つかしら」

「あの、失礼ですけど、おいくつなんですか？」

「わたし？　二十五だけど」

ユキは躊躇《ちゅうちょ》なく答えた。

「じゃあ、おれと同い年なんですね」

「ああ、そうなの」

特に驚いたふうでもなかったから、同世代ぐらいだと見当がついていたのか。

「ユキさんは、おいくつで結婚されたんですか？」

気になって、ついプライバシーに踏み込んでしまう。彼女も気を悪くする様子を見せず、「二十二のときよ」と教えてくれた。そうすると、結婚生活は二年ぐらいだったらしい。

どうして離婚したのか、理由も気になる。さすがにそこまで質問するのははばかられたものの、ユキは自ら打ち明けた。年が同じということで、気を許してくれたのかもしれない。

「元旦那は都会育ちだったし、こういう田舎暮らしは性に合わなかったんでしょうね。最後はもう無理だって、逃げるみたいに出て行っちゃった。まあ、けっこう頑張ってくれたほうだと思うわ」

口振りからして、まったく未練はないようである。

「旦那さんとは、どうやって知り合ったんですか？」

「知り合ったっていうか、わたしが捕まえたの」

それ以上の説明はなかったものの、ユキはけっこう気が強そうだから、都会に出て逆ナンでもしたのではないか。見た目も充分すぎるほど魅力的であるし、気の弱い男なら、ぐいぐいと引っ張ってくれる彼女に惚れてもおかしくない。

そこまで考えて、武俊の胸に疑念が生じた。

(ひょっとして、おれも姫奈さんに引っ掛けられたのか?)

男に置いてきぼりを喰ったというのは作り話で、この村に誘い込む罠だったのではないか。だから彼女も車も、行方知れずなのだとか。ここから逃げられないようにするために。

(いや、まさか)

それはないなと苦笑する。引っ掛けた男を婿にするのなら、姫奈は自分の家に泊めるはずだ。

彼女がどこにいるのかわからず、不安を感じていたために、妙な妄想をしてしまったようだ。酷い目に遭っているわけでもなく、むしろ素敵な女性たちと知り合って、イイコトが続いているというのに。

ユキは慣れているだけあってずんずん進み、ふたりのあいだに距離ができる。会話を続けることができなくなり、武俊も作業に集中した。

ふたりで黙々と励み、それから二時間とかからず、畝作りは終了した。

# 3

「ご苦労様」

ユキにねぎらわれ、武俊は胸を高鳴らせた。初めて見せられた笑顔が、思いのほか愛らしかったのである。

「い、いえ、どういたしまして」

どぎまぎして返事をすると、目を細めて見つめられる。品定めをされているみたいで、少しも落ち着かなかった。

「けっこう汗をかいたみたいね」

言われて、中に着ているTシャツが、肌にべっとり張りついていることに気がついた。首に巻いた手ぬぐいもそうだし、ブリーフの股間や靴下も湿っているのがわかる。

「こっちに来て」

言われて、武俊は鍬を持ってユキのあとに続いた。

彼女はおにぎりを食べたときに使ったブルーシートも拾いあげ、さっき長靴を出した小屋のほうに向かう。けれどそこには入らず、迂回して裏手に回った。

そこは土手になっていた。突き出した塩ビパイプから、水が滾々《こんこん》と湧き出ている。これが璃乃の話していた、山の清水なのだろう。

パイプから流れ落ちる水を受けるのは、金属製の大きなたらいであった。そばには柄杓《ひしゃく》も置いてあるから、そのまま飲むこともできるようだ。

ユキはブルーシートを広げると、長靴を脱いであがるよう武俊に指示した。言われたとおりにすると、

「ほら、脱いで」

真顔で命じられる。

「え、脱ぐって？」

「汗で濡れたままだと気持ち悪いでしょ。洗ってあげるから」

ようやく意図がわかったものの、同い年の異性の前で服を脱ぐのはためらわれた。それに、彼女がどこまで洗うつもりでいるのか、わからなかったから。

「いや、そこまでしていただかなくても」

やんわり断ると、濃い眉がキッと吊り上がった。

「遠慮するんじゃないの。元旦那の服も、農作業のあとはここで洗ってあげたんだし、気にすることないわ。それに、天気がいいからすぐに乾くわよ」

強い口調で言われ、逆らえなくなる。目の前の美女がバツイチであることも思い出し、だったらいいかという気になった。

（ユキさんがここまで言ってるんだし、旦那さんにも同じようにしてあげたのなら、かまわないいか）

ここはお言葉に甘えることにして上着を脱ぎ、手ぬぐいもはずす。思い切ってTシャツも頭から抜いた。

さすがに上着はすぐに乾かないと思ったかブルーシートに広げ、ユキは他の二枚をたらいに入れた。じゃぶじゃぶと洗い、

「靴下もちょうだい」

振り返らずに言う。武俊は素直に従った。脱ぐのはそこまでだと思ったからだ。実際、彼女は靴下と受け取ると、

「これでからだを拭きなさい」

と、絞った手ぬぐいを寄越した。

山の水は冷たく、火照《ほて》ったからだに濡れた綿布が気持ちいい。上半身を満遍なく拭い終えると、ユキがまた手ぬぐいを洗ってくれた。

「ほら、それも脱いで」

言われて、武俊は面喰らった。あとはズボンとブリーフしか残っていないのだ。

「だけど、ズボンはすぐに乾かないと思いますから」

「じゃなくて、パンツよ」

つまり、この場で素っ裸になれというのか。

「いや、さすがにそれは」

躊躇しても、聞き入れられなかった。

「誰も来ないからだいじょうぶよ。だいたい、わたしは男の裸なんて見慣れてるんだから」

元人妻だから、たしかにそうかもしれない。だが、それは見る側の見解だ。見られる側は容易には割り切れない。

けれど、真っ当な反論も、彼女には通用しそうになかった。

「早くしてちょうだい。あとがつかえてるんだから」

厳しい顔を向けられて観念する。武俊は仕方なくズボンの前を開いた。

(うう、こんなのって)

これで男女が逆なら、確実にセクハラでありパワハラだ。だが、男の立場では泣き言も口にできず、ズボンを脱いでシートに広げる。残るは一枚。

さすがに正面から見られるのは抵抗があり、武俊は背中を向けてブリーフを脱ぎおろした。剝き出しになった臀部に、バツイチ美女の視線が注がれるのを感じながら。

「お、お願いします」

振り返らずに、汗で湿った下着を後ろ手で差し出す。代わりに濡れ手ぬぐいを渡された。

「綺麗に拭くのよ」

それは蒸れた股間のことを言っていたのだろうか。

武俊は性器や尻を手早く清めると、シートに腰をおろした。フルチンで突っ立っているのがみっともなく思えたからだが、そうと悟られたくなくて、蒸れた爪先まで丁寧に拭う。そのために坐ったと理解してもらえるように。

全身の汗を拭き終えると、かなりすっきりした。もっとも、居たたまれないことに変わりはない。

背後では、ユキが洗ったものを絞り、ブルーシートに広げているようである。湿ったままでもいいから、せめてブリーフだけでも穿きたい。

「あの、これ」

使った手ぬぐいを返すべく、怖ず怖ずと後ろを向いた武俊は、驚愕のあまり目を見開いた。いつの間にか、彼女が上半身裸になっていたのである。

「もういいの？」

ユキは少しも恥ずかしがることなく、手ぬぐいを受け取る。グレープフルーツほどもありそうな乳房がたぷんとはずみ、頂上のワイン色の突起まで、武俊はまともに見てしまった。

（嘘だろ）

焦って背中を向けたものの、心臓がバクバクと壊れそうに高鳴る。

たった今目撃したものが、とても信じられなかった。

男の裸を見慣れているばかりか、自身が見られるのも平気なのか。現に彼女は、どこも隠そうとしなかったのだ。

（……いや、恥ずかしくないのかよ？）

いったい何が起こっているのか。パニックに陥った武俊は、シートの上で動けなくなった。

少し経って、背中から聞こえる水音も、妙になまめかしく感じられる。

それでいて、ユキもシートに上がってきた。隣に来た同い年の美女が、同じく素っ裸だったものだから、いよいよ追い込まれる。

それでいて、魅惑のヌードから、今度は目が離せなくなった。

農作業に従事しているからなのか、ウエストは綺麗にくびれており、無駄なお肉がない。そのぶん、バストとヒップの豊満さが際立つ。キリッとした顔立ちだけでなく、プロポーションもアスリートのようだ。

もちろん、女性らしい優美な曲線も兼ね備えている。

彼女は洗ったインナーをシートに広げた。ベージュ色のパンティと、同じ色のタンクトップ。一見地味な下着も、身に着けていた本人を目の前にすると、やけにセクシーに感じられる。

「これ、お願い」

絞った手ぬぐいを渡されて、武俊は「え?」となった。

「拭いてちょうだい」

ユキが背中を向けて正座する。そういうことかと理解しつつも、いいのかなと思わずにいられない。手ぬぐい越しでも肌に触れることに、畏《おそ》れ多さを覚えたのだ。

とは言え、何もせずにいたら、また叱られそうだ。思い切って肩から清め始めると、彼女がふうと息をついた。

「気持ちいいわ」

その言葉で、緊張がすっと解ける。ふたりとも裸なのだ。何を遠慮することがあろうという気になった。

二十五歳はお肌の曲がり角らしいが、ユキは角まで遠いようだ。きめ細やかで、吹き出物もない。強くこすると赤くなりそうなので、優しく拭った。

肩甲骨《けんこうこつ》から腰の裏、そして、もっちりした臀部へ至ったところで、

「ちょっと待って」

ユキが腰を浮かせる。上半身を前に倒し、膝をついてヒップを高く掲げた。

（え？）

豊かな丸みをまともに向けられ、武俊は激しく動揺した。彼女が脚を開き、中心部分が大胆に晒されたものだから尚さらに。

秘毛は手入れなどされていないらしい。それほど密集していないものの、伸び放題の様相を呈している。線香花火の火花みたいに四方八方に散らばり、アヌス周りにも短めのものが生えていた。

狭間に覗く裂け目から、縁を濃く染めた花びらがはみ出す。公《おおやけ》にすることを許されていないプライベートゾーンは、太陽の下だからいっそう卑猥に映った。

「そこもお願い」

シートに顔を伏せたユキが言う。そこがどこかなんて、確認するまでもなかった。

（おしりも拭けっていうのか？）

いや、もっと恥ずかしい部分も含めてなのだ。

今日、会ったばかりの男に、どうしてそこまでさせられるのか。それを言ったら、喜美代や璃乃もそうだったのだ。ユキもただ清めさせるだけでなく、淫らな展開を期待しているに違いない。

この村の女性は、男を前にすると見境なく振る舞うようだ。一方で、武俊自身もあられもない姿に煽《あお》られて、情欲がふくれあがりつつあった。

（ええい、だったらかまわないさ）

手ぬぐいを脇に置いて、たわわな双丘に両手を添える。柔肌がピクンと反応したものの、咎められることはなかった。

やはり彼女は、いやらしい行為を求めているのだ。だったら、拭き取るなんてもったいない。農作業のあとで、女芯は淫靡な匂いをこもらせているはずだった。

いつの間にか勃起していたペニスが、幾度も反り返って下腹を叩く。武俊はぷりぷりしたおしりに顔を埋め、縮れ毛が囲むもうひとつの唇にくちづけた。

「あん」

ユキが甘い声を洩らし、尻の谷をキュッとすぼめる。

（あれ？）

期待したようなかぐわしさがなかったものだから、武俊は拍子抜けした。おまけに、どことなくひんやりしている。

どうやら、さっき背中を向けていたあいだに、彼女は水で股間を清めたらしい。おそらく、こうなることを想定して。

（最初から舐めさせるつもりだったんだな）

ならばお望みどおりにと、舌を花弁のあいだに差し込み、ほじるようにねぶる。

「あ、あ、ああっ」

艶めいた声が洩れ、ふっくらしたお肉がビクッ、ビクッとわなないた。

「ちょ、ちょっと待って」

声がかかり、いったん口をはずすと、股のあいだから指がのべられる。フード状の包皮を剝いて、桃色の真珠をあらわにした。

「ね、クリちゃん吸って」

露骨なおねだりに、頭がクラクラする。さっきまで真面目に農作業をしていた美女が、ここまで遠慮なく快感を求めるなんて。

（ひょっとして、最初からこうするつもりだったんだろうか）

仕事を手伝わせたのは、汗をかかせ、服を脱がせる口実をこしらえるためだったとか。そんなことを考えながら、武俊は秘核に吸いついた。

「あひぃいいいいっ！」

甲高い嬌声がほとばしる。敏感な部位を直に刺激され、女らしい下半身がせわしなくはずんだ。

「気持ちいい。もっとしてぇ」

せがまれて、舌先でクリトリスをぴちぴちとはじく。

「あ、あ、あ」

声に合わせて、ユキがヒップをはずませた。セピア色のアヌスも、物欲しげに収縮する。

（ユキさんも、おしりの穴が感じるのかな？）

璃乃の反応を思い出し、興味が湧いてくる。歓喜を生む尖りをねぶりながら、とりあえず指先でツボミを悪戯《いたずら》すると、

「キャッ、ダメっ」

悲鳴と同時に大臀筋が強ばる。だが、彼女のこれまでの言動からして、本当に嫌だったら怒り出すに違いない。なのに抵抗すらしないのは、多少なりとも快感があるの

ではないか。

クリトリスをついばみ、秘肛を指でこする。今度は悩ましげな呻きのみで、忌避の反応はなかった。

（やっぱり気持ちいいみたいだぞ）

思い切って指ではなく、アヌスを舌でチロチロとくすぐる。求めたはずのクリトリスを放っておかれたのに、ユキは切なさをあらわに息をはずませた。

「うう……ば、バカぁ」

なじる声も色っぽい。もっとしてと、暗に訴えているようだ。

武俊は美女の肛門を味わい、肉芽は指で刺激した。

「あ、それいいっ」

歓迎する言葉に、方法が間違っていなかったのを確信する。ところが、そのまま続けようとすると、

「ま、待って」

またも制止させられた。

「ごめん。この格好だと、ちょっとつらいの」

彼女は蕩《とろ》けた眼差しで振り返ると、シートの上にころんと寝転がった。仰向けにな

って両膝を抱え、羞恥帯を上向きにする。

「これでしてちょうだい」

おしめを替えられる赤ん坊のようなポーズは、成人女性がすると格段に破廉恥《はれんち》である。武俊は現実感を見失いそうになった。

(おれ、なんていやらしいことをしてるんだろう)

夢の中にいる気分で、ボリュームのあるヒップを抱えて持ちあげる。両膝でユキの背中を挟んで支えると、顔を伏せて愛らしい肛穴に舌を這わせた。

「くうううう」

彼女が膝から下をばたつかせる。クリトリスも指でこすると、腰が左右にくねりだした。

「あふっ、ハッ、よ、よすぎるぅ」

自ら望んだだけあって、ユキは順調に高まった。

アヌスは璃乃よりも堅い感じだ。どれだけ唾液を塗り込めても、ほぐれる感じがしない。あくまでも秘核の快感を高める、添え物でしかないようだ。

それでも、悦楽にひたっているのは間違いない。

「ああっ、ア――くぅうう、うっ、いいのぉ」

よがり声が大きくなる。いよいよ頂上が迫ってきたふうで、一心にふたつのポイントを攻めていると、

「い……イクッ！」

不意に、彼女がからだをピンとのばす。しかも、かなりの力で。

「うわっ」

武俊は弾《はじ》き飛ばされ、真後ろにひっくり返った。

「はっ、はふ、うふぅ」

ユキは仰向けになり、背中を反らせて全身を細かく震わせる。その姿に、絶頂したのだとわかった。

（……一気に昇りつめたって感じだな）

エネルギーを溜めたロケットに、最後の最後で点火されたみたいなオルガスムスだった。なかなか波が引かない様子なのは、そのせいなのだろうか。

「はふぅ」

ようやく人心地がついたように息をつき、ぐったりしてシートに手足をのばす。大きく上下する胸の上で、ドーム型の乳房がたふたふと揺れた。

無防備に裸体を晒す美女に、武俊は猛りっぱなしのペニスを雄々しく脈打たせた。

# 4

「すごく気持ちよかったわ。あんなに激しくイッたのって初めてかも」

身を起こしたユキが、感激をあらわにする。上気した面持ちが艶っぽい。

「天木さんっていいひとね」

「え？」

「だって、おしりの穴まで舐めてくれるなんて。元旦那だって、そこまでしてくれなかったのに」

はにかんだ微笑を向けられ、照れくさくなる。横柄な印象もあった彼女が、やけに可愛らしく見えたためもあった。

(璃乃ちゃんには、変態って言われたけど……)

二十一歳の娘は、アナルセックスまで求めておきながら、武俊を蔑《さげす》んだのだ。まあ、照れくささもあったのだろうが。

ユキがにじり寄ってくる。股間に手をのばし、ためらうことなく屹立を握った。

「すごいわ。カチカチ」

指に力を込めて漲《みなぎ》り具合を確認し、ゆるゆるとしごく。

「あ、ああっ」

蕩けるような気持ちよさに、武俊はのけ反って喘いだ。ずっと刺激されていなかったのに加え、彼女の手指が驚くほど柔らかだったからだ。

(さっき、ずっと鍬を握っていたのに……)

そう言えば、外で働いているのに、日焼けもしていないようだ。もともと皮膚がなめらかな上、紫外線などの影響も受けにくいのだろうか。

「ここに寝て」

言われて従うと、ユキが手にしたモノを口に入れる。チュッと軽く吸ってから、長い舌を巻きつけた。

「うあ、あ、ううう」

武俊は背中を浮かせ、腰をよじった。まといつくように動く舌がたまらない。硬くなったモノがバターみたいに溶ける感じすらあった。

もちろん、本当に溶けたわけではなく、鍬の柄にも負けない硬度を保っている。

頭をもたげると、頬をへこませた綺麗な横顔に、筋張った筒肉が突き立てられている。猥雑なコントラストに胸が高鳴りつつも、一方的に奉仕されるのは申し訳ない気がした。

「ゆ、ユキさんのおしりを、おれに向けてください」

簡潔な要請でも、何を求められたかわかったらしい。彼女は男根を頬張ったまま、逆向きで男の胸を跨いだ。まん丸なヒップを差し出し、顔に与えてくれる。

(ああ、ユキさんのおしり)

武俊は嬉々として受け止め、濡れた恥毛がべっとりと張りついた女芯にくちづけた。

さっき洗ったであろうそこは、絶頂に導かれて蜜をこぼし、本来のかぐわしさを取り戻しつつあるようだ。花弁も腫れぼったくふくらんではみ出し、いっそう淫らな華《はな》を咲かせている。

ぢゅぢゅッ――。

内側に溜まっていた粘っこいジュースを吸い出し、代わりに唾液を塗り込める。ピチャピチャと音が立つほどに舌を躍らせると、さっきねぶった秘肛が気持ちよさげに収縮した。

「むふぅ」

ユキが鼻息をこぼし、陰嚢の縮れ毛をそよがせる。それにも背中がゾクゾクするのを覚えつつ、武俊はクンニリングスに精を出した。しゃぶられる分身から精を出さぬよう、気を引き締めながら。

とめどなく溢れる愛液を指に絡め取り、アヌスをヌルヌルとこすってあげると、顔に乗った尻肉が電撃を喰らったみたいに痙攣した。

「むうっ、うううう」

切なげに呻いた彼女が、肉根を強く吸いたてる。またも相乗作用で快感が高まったようで、息づかいがせわしなくなった。

（本当は可愛いひとなんだな）

愛《いと》しさが募り、秘核もねちっこく舐めてあげる。硬くなったそれは自らフードを脱ぎ、舌にはじかれてぷるぷると震えた。

それに対抗しようとしたのか、ユキがフェラチオをしながら牡の急所も揉む。柔らかな指でのマッサージはうっとりする快さで、武俊はたちまち危うくなった。

（うう、まずい）

反撃しようとしても、悦びで目がくらむ。舌づかいも覚束《おぼつか》なくなった。

このままでは爆発は避けられないと、武俊は秘唇から口をはずした。たわわな丸みをぺちぺちと叩く。

「そんなにしたら、出ちゃいますよ」

ところが、彼女はおしゃぶりも、タマ揉みすらもやめてくれない。むしろいっそう派手に舌を動かし、睾丸を巧みに転がす。

「あああ、だ、駄目です」

ハッハッと荒ぶる息が、唾液に濡れた女の園に吹きかかる。危機的状況だと、ユキもわかったはずなのだ。

なのに、施しを続けているのは、射精させようとしてなのか。

(自分がイカされたから、お返しをするつもりなのかも)

武俊とて、ほとばしらせたいのはやまやまだ。このまま絶頂したら、全身がバラバラになるような快感を味わえるであろう。

だが、できることならセックスがしたい。温かく濡れた穴にペニスを挿れて、女体の深部を味わいたかった。

もしかしたら、ユキはからだを許すつもりはなくて、口で満足させようとしているのか。あるいは危険日だから、ナマで挿入させるわけにはいかないと考えているのかもしれない。

どちらにせよ、頂上へ導こうとしているのは明らかだ。

(ええい。だったらいいや)

もはや忍耐も限界だ。ここは望むようにさせてあげようと手綱《たづな》を緩めるなり、歓喜の波が襲来した。

「あああ、い、いきます」

爆発を予告するなり、目の前からおしりが消える。

(え?)

何が起こったのかと混乱する武俊の目に映ったのは、身を翻《ひるがえ》して腰を跨ぐユキの姿だった。彼女は断末魔の脈打ちを示すペニスを逆手で握り、自らの中心へ誘い込んだのである。

ぬるん――。

ねっとりした淵に呑み込まれた牡の猛りが、次の瞬間強烈な締めつけを浴びる。間を置かず、艶腰が高速で上下した。

「うおおおお」

武俊は堪えようもなく声を上げた。オルガスムス寸前で敏感になっていた分身が、全体を余すことなく蜜穴でこすられたのである。ヌチャヌチャと卑猥な音がこぼれるほどに激しく。

(で、出る)

声も上げられずに限界を突破し、随喜の汁を勢いよく噴きあげる。びゅるっ、びゅるっと幾度にもわけて放たれるあいだも、まといつく柔ヒダで強ばりをこすられ、あまりの気持ちよさに頭が馬鹿になりそうだった。

(これ、すごすぎる……)

喉がゼイゼイと鳴り、過呼吸を起こしかける。からだのあちこちが痙攣し、少しもじっとしていられなかった。

「も、もういいです」

すべて出し切ったあとも、ユキがヒップをはずませ続けたものだから、武俊は涙目で懇願した。過敏になった亀頭を蜜穴でこすられるのは、悦びよりもくすぐったさが勝っていたのだ。

「ふう」

息をついて、彼女が腰の上に坐り込む。「どうだった?」と聞かれ、

「……すごかったです」

武俊はそう答えるので精一杯だった。頭がボーッとして、少しも働かない。

「だけど、元気ね」

「え?」

「オチンチン、まだ硬いまんまよ」

言われて、女体の中の剛棒が、漲りきったままであることに気がつく。多量に射精したはずが、刺激を受け続けたものだから、海綿体の血液が引かなかったらしい。

「続けてできそう？」

ユキの問いかけに、武俊は「ええ」とうなずいた。自分のことより、彼女が欲しがっているとわかったからだ。

「でも、このままだと濡れすぎて気持ちよくないから、ちょっと拭くわね」

裸の女体がそろそろと持ちあがる。赤みを増した亀頭がはずれるなり、膣口から白い粘液がどろりと垂れ落ちた。

ユキが手ぬぐいで自身の秘部と、白濁にまみれたペニスを拭う。今度は武俊に背中を向けて跨がり、強ばりきったものをおしりの谷間に導いた。

「本当は、こっち向きで挿れるのが好きなの」

振り返った彼女が、照れ笑いを浮かべる。では、正常位よりもバックスタイルがお好みなのか。

そんなことまで打ち明けてくれた美女に情愛が募る。田舎暮らしが嫌だからと離婚した元夫は、大馬鹿者だと思った。

（こんなに素敵なひとなのに、別れるなんてどうかしてるよ）

思ったのと同時に、ユキがヒップをおろす。わずかな引っかかりがあったものの、勃起は心地よい柔穴へともぐり込んだ。

「あふぅ」

綺麗な背中が反り返り、浮きあがった肩甲骨が影をこしらえる。それが武俊には、天使の羽根みたいに見えた。

「あん……いっぱい」

うっとりした声を洩らし、彼女が前屈みになる。武俊の膝に両手を突き、腰をそろそろと浮かせた。

逆ハート型のおしりの切れ込みに、濡れた淫棒が覗く。濡れて生々しい色合いを示すそれが、再び蜜穴へ侵入した。

「くぅン、気持ちいい」

泣くような声でつぶやき、ユキが双丘を上げ下げする。リズミカルにはずむそれが下腹とぶつかり、パツパツと湿った音を鳴らした。

「うう、ゆ、ユキさん」

無意識に名前を呼ぶと、歓喜に漂う横顔が向けられる。

ろうか。

「わたしも。外でセックスするのって最高よね」

そうすると、彼女は以前にも、こうして陽光を浴びながら交わったことがあるのだ
「はい、とても」

「気持ちいい？」

(それって旦那さんと？)

なんとなく違うような気がしたのは、こんなに解放されたセックスを体験したら別れがたくなり、離婚などしまいと思えたからだ。もちろん、確たる根拠があるわけではないが。

「あ、あ、あん、オチンチンが奥まで来てるぅ」

大胆なよがりっぷりを見せられ、そんなことはどうでもよくなる。騎乗位の激しい動きに合わせて、武俊も真下から突き上げた。

「きゃんッ」

ユキが仔犬みたいに啼《な》き、総身を震わせる。蜜穴もキュッと締まった。

「それいい、もっとぉ」

おねだりをされ、腰の疲れも厭《いと》わず上下のピストン運動に励む。かき回される女膣

が愛液を滴らせ、鼠蹊《そけい》部や陰嚢を温かく濡らした。

「あ、ああっ、わたし……イキそう」

絶頂を予告されたとき、武俊はまだ余裕があった。彼女を二回目のアクメに至らしめるべく、体奥目がけて剛直を送り込めば、均整のとれたボディが振り子みたいに揺れ出した。

「ああ、あ、ダメ、イッちゃう」

ユキが愉悦の極みへと駆けあがる。裸身を強ばらせ、ワナワナと震わせたのち、武俊の上から崩れ落ちた。

「ふはっ、ハッ、はふ」

ブルーシートの上で横臥《おうが》し、胎児のようにからだを丸める。さっきもそうだったが、頂上との落差がかなり大きいようだ。

武俊は身を起こした。艶尻の狭間にぷっくりした肉饅頭が覗いているのを見て、矢も盾もたまらなくなる。

薄白い淫液を滲ませるそこは物欲しげにすぼまり、早く犯してとせがんでいるかのよう。無言のリクエストに応えるべく、正座をして脚を開くと、腿のあいだにたわわな丸みを挟み込んだ。

「ううん」

動きを察したのか、ユキがうるさそうに呻く。まだオルガスムス後の虚脱感から回復していないのだ。

それにもかかわず、武俊は濡れ穴を分身で塞いだ。

「あふぅううう」

長く尾を引く喘ぎをこぼし、女体が反り返る。勝手に侵入した牡器官を、咎めるように締めつけた。

「もう……イッたばかりなのにぃ」

クレームを無視して抽送すれば、蜜穴がぢゅぷりと卑猥な音を立てる。中に溜まった淫液を掻き出すべく、振れ幅の大きな出し挿れをすれば、くびれの段差に白いカス状のものが付着した。

「あうう、も、バカぁ」

なじりながらも、ユキの呼吸がはずみ出す。くねる裸身が汗ばみ、日光をキラキラと反射させた。

「ううう、ど、どうしてこんなにオチンチンが硬いのよぉ」

それはユキさんの中が気持ちいいからですと、喉まで出かかった言葉を呑み込む。

いちいち言わなくても、通じているはずなのだ。

リズミカルに膣奥を突けば、ふたりの性感曲線がぴったりと重なる。同じ角度で上昇し、間もなく悦楽の極みへ到達した。

「ダメダメ、またイッちゃう」

あられもない声を上げた美女を、己の欲するままに責め苛む。

「お、おれも出ます」

「いいわ、だ、出して」

「おおお、ゆ、ユキさん」

「あああ、イクっ、イクッ、イクイクイクイクぅ」

背中をぎゅんと反らした女体の奥深くに、武俊は二度目の精をドクドクと注入した。

5

野菜を持ち帰ると、喜美代が「ご苦労様」と笑顔で迎えてくれた。

「疲れた顔してるわね。ひょっとして、農作業を手伝わされたの？」

悪戯っぽく目を細めて訊ねる。最初からわかっていたのだ。教えてくれないなんて

意地が悪いと思いつつ、

「ええ。でも、いい運動になりました」

胸を張って答えたのは、ユキとの野外セックスで、二度も射精したのを悟られないためであった。畑仕事よりも、そちらの疲労が著しかったのである。

「あら、そうなの」

人妻の微笑がどこか思わせぶりに感じられたものだから、ひょっとして見抜かれたのかと動揺する。もちろん、顔には出さなかった。

「それで、ユキさんから、明日も来てほしいって頼まれたんですけど」

「お母さんとお祖母ちゃんが旅行なんでしょ？　人手が欲しいんだと思うわ。手伝ってあげてちょうだい」

「はい。そうします」

武俊がうなずくと、喜美代が「頑張ってね」と励ましてくれる。淫らな関係を見抜かれた気がしたのは、思い過ごしだったのだろうか。

その晩も美味しい夕食をご馳走になり、薪で焚いた風呂で疲れを癒やす。寝床に入り、武俊は村に来てからのことを振り返った。

（……おれ、何やってるんだろう）

姫奈を家に送り届けるはずが、喜美代の家にもう三泊もしている。べつに急いで帰る必要はないし、貴重な、というか、気持ちのいい体験ができて、むしろ幸運ではあるけれど。

ユキのところから帰る途中、念のため姫奈の家に立ち寄ったものの、やはり不在であった。車もない。夜になって電話しても、呼び出し音が虚しく続いた。

自分の車のこともあるし、どうなったのか心配だ。ただ、ここでの日々が充実しているのも確かである。このまましばらく滞在してもいいような気がしてきた。

(……姫奈さん、悪いひとじゃなさそうだし、おれの車を売り飛ばすなんてするわけがないものな)

きっとメンテナンスにでも出してくれたのだろう。いちおう新車ながら、旅行で走り続けて酷使したし、むしろ点検してもらったほうがありがたい。

いいほうに解釈し、眠りに就こうとしたところで、ふと疑問が浮かぶ。

(喜美代さん、今夜も来ないみたいだな)

風呂のあと、武俊はしばらくテレビを視ていた。続いて入浴した喜美代は、上がってくると誘う素振りもなく、「おやすみなさい」と言って自室に向かったのだ。だから武俊も寝床に入ったのである。

　昼間、存分に快楽を貪ったから、夜もまたという気分でなかったのは事実である。それでも、浴衣をまとった熟女は色っぽく、武俊は後ろ姿を目で追ってしまった。もしも求められたら、喜んで抱いたであろう。

（いや、さすがに浅ましいだろ）

　牝水村に来て、毎日セックスをしているのである。しかも、毎回相手が異なる。まだ二十代だし、これまで女性に縁がなかったぶん、夢中になって励んできた。だが、さすがにやり過ぎかもしれない。必ず二回以上ほとばしらせているし、精子の製造が追いつかず、睾丸が空になるのではないか。

（まあ、それも明日はお休みだ）

　ユキは手伝ってほしいことがあると言ったのだ。特に意味ありげな態度を示すことなく。喜美代が言ったとおり、農作業に人手が必要なのだろう。

　ただ、今日はかなり張り切ったため、明日は筋肉痛かもしれない。そんなことになったらみっともないなと思いつつ、武俊はいつしか眠りに落ちた。

# 第四章　三十路でもバージン

## 1

　翌朝、武俊は寝坊することなく目覚めた。夜更かしせずに眠ったし、ここでの生活に慣れたためもあるのだろう。

　懸念された筋肉痛も、動くと多少痛む程度で、大したことはなかった。夢も見ずにぐっすり眠れたのも、からだを動かしたおかげだ。疲労も残っていない。

　そのぶん、朝勃ちが著しい。ブリーフの裏地には、カウパー腺液がべっとりと付いていた。

（いや、昂奮しすぎだろ）

　淫夢を見たわけでもないのにと、自らにあきれる。連日の濃厚な戯《たわむ》れで、条件反射的に勃起するようになったというのか。

さすがにそのまま喜美代の前に出るのははばかられ、イチモツがおとなしくなるのを待って台所へ行く。

「あら、おはよう。今日はちゃんと起きられたのね」

人妻から笑顔で褒められ、武俊は嬉しかった。もっとも、二十五歳といい大人なのだ。寝坊せずに起きるなんて、できて当然なのである。

朝ご飯を食べて休憩したあと、武俊はユキの家へ向かった。特に何時と約束していたわけではないが、農作業なら早い時間から始めるだろうと思ったのだ。

途中、姫奈の家に寄ろうと、林道への道を曲がる。けれど、すぐにやめた。

昨夜も電話に出なかったのに、この時間にいるとは思えない。だいたい、戻ってきたら、彼女のほうから車を届けに来るはずだ。

村に滞在しているおかげで女性経験を重ねられたのだし、焦る必要はない。踵《きびす》を返し、藪下家への道を急ぐ。

到着したのは、午前九時を回った頃であった。玄関脇の呼び鈴を鳴らすと、ちょっと間を置いて引き戸が開けられる。

「いらっしゃい」

笑顔で迎えてくれた同い年の美女に、武俊はときめきを抑えきれなかった。ひょっとして今日もと、淫らな期待がこみ上げる。

(いや、そんなことでどうするんだよ)

しっかり手伝わねばならないのだと、気を引き締める。

ユキは昨日のような作業用の装いではなく、スカートを穿いていた。クリーム色のそれは膝丈で、引き締まった美脚から目を逸らすのは困難だった。

(早く来すぎたのかな?)

外に出る準備はまだらしい。

「さ、上がって」

招かれて、武俊は「お邪魔します」と靴を脱いだ。

通されたのは、応接間であった。もともとは和風の居室だったのだろうが、洋風に作り変えてある。ソファーにテーブル、サイドボードの他、大きなテレビもあった。

「ここに坐って」

勧められて、三人掛けのソファーに腰掛ける。ユキが席をはずすあいだ、武俊はしげしげと室内を見回した。

(立派なお宅だなあ)

外観も堂々とした佇まいだったが、中も広くて趣がある。造りも頑丈そうで、赤紫色の太い柱は、もともとかなりの大木だったのではないかと思われた。

おそらくこのお宅は、村の名主だったに違いない。確信したとき、ユキが戻ってきた。手にしたお盆には、氷の入ったガラス製のアイスペールと、ラベルのない瓶が載っている。

「まだ時間があるから、ちょっと時間潰しね」

彼女はサイドボードからロックグラスをふたつ取り出すと、隣に坐った。どうやら仕事の前に、一杯飲むつもりのようだ。

「時間があるって、何時から始めるんですか？」

「もうひとりが来てからよ。ふたりじゃ無理だから」

ということは、三人がかりの仕事なのか。大変そうだし、それならちょっとぐらい飲んでも罰は当たるまい。

（ていうか、ユキさんとふたりきりじゃないのか……）

ちょっと残念だなと思いつつ、氷のグラスに注がれる朱色の液体を眺める。

「これ、何ですか？」

「果実酒よ。自家製なの」

言われて、なるほどと納得する。だからラベルがないのだと。

「何の果実なんですか？」

「当ててみて」

愉しげに目を細められ、武俊も頬を緩めた。

「わかりました」

色からして、赤い実なのだろう。普通に売っているような果物ではなく、このあたりの山で採れたものではないか。

「さ、どうぞ」

「どうも」

渡されたグラスを、まずは嗅いでみる。しつこくない甘酸っぱさは、なるほど天然の香りだなと思えた。

「ふふ」

笑みをこぼしたユキが、グラスに口をつける。氷がカランと涼しい音をたてた。

「ああ、美味しい」

満足げにうなずいたのにつられて、武俊もひと口飲む。酸っぱいのかと思ったら、優しい甘みが舌に広がった。

（え、本当にお酒なのか？）

清涼飲料水みたいで、アルコールをほとんど感じない。度数はかなり低いようだ。

「えーと、何だろう」

武俊が首をかしげると、彼女がまた笑った。

「一気に飲んだら、喉ごしでわかるかもよ」

強くないのがわかったから、言われたとおりに流し込む。喉をすっと流れたとき、どことなく記憶に引っかかる感じがしたものの、やはりわからなかった。

「降参する？」

ユキが愉快そうに言う。悔しくなって、「もう一杯お願いします」と、氷だけになったグラスを差し出した。

そうやって二杯、三杯飲んでも、答えは出てこなかった。

「やっぱり無理みたいね」

四杯目を注がれ、氷も足される。もう少しなのになと思ったとき、急に全身が熱くなった。

（あれ？）

頭ははっきりしているのに、手足から力が抜ける感じがある。弱い酒だと思っていたのだが、そうでもなかったというのか。

「どうかした？」

訊ねられ、「ああ、いえ」とかぶりを振る。すると、

「こうすればわかるかもよ」

ユキが果実酒を口に含み、顔を近づけてくる。訳がわからぬままじっとしていると、唇に柔らかなものが重なった。

（え――）

唐突だったから、何をされたのか理解するのに、少し時間がかかった。冷えた液体が流し込まれ、反射的にコクコクと喉を鳴らす。

（おれ、ユキさんとキスしてる！）

昨日はセックスをしたし、性器ばかりかアヌスにも口をつけたのだ。なのに、それ以上に親密で、甘美な行為をしている気がした。

口の中の酒がすべて与えられると、舌も差し入れられる。這い回るそれが歯並びを辿り、唇の裏も舐められた。

そこに至って、ようやく武俊も応じることができた。迎えた舌に自分のものを戯れさせ、チロチロとくすぐり合う。

「んふ」

小鼻をふくらませたユキが、温かな唾液も与えてくれる。果実酒よりも甘露で、いっそう酔わされる心地がした。

気がつけば、ふたりは顔を傾けて、舌を深く絡ませていた。互いの背中に腕を回し、口許からピチャピチャと音がこぼれるほどに貪りあう。

息が続かなくなるほどの長いくちづけのあと、ようやく唇が離れる。ふたりのあいだに粘っこい糸が繋がった。

「何のお酒か、わかった？」

ユキが掠《かす》れ声で訊ねる。武俊は頭がボーッとしていたものだから、

「はい。ユキさんのお酒です」

と、いたって真面目に答えた。

「何それ」

彼女が白い歯をこぼす。それから、ふと真顔になり、

「まあ、でも、当たってるかもね」

うなずいたものだから、武俊は「え？」となった。

「まさか、ユキさんのアソコの――」

皆まで言わないうちに、

「バカッ」

と、腕をつねられてしまった。

「ラブジュースだって言いたいの？　そんなわけないでしょ」

睨まれて、武俊は首を縮めた。本当は、ワカメ酒みたいなものかと思ったのであるが、どっちにしろ罵られていたであろう。

「このお酒を作る実は、牝水村にしかないものなの。牝水村の、山の水で育った木だけになるのよ。だから、同じように山の水を飲んで育ったわたしたちと、似たようなものだって意味」

説明され、そういうことかとうなずきながら、武俊は璃乃に教えられたことを思い出した。水に含まれる成分のせいで、村には女の子しか生まれないというのを。

(じゃあ、その実にも、水と同じ効果があるってことなんだよな)

もっとも、精子に影響を及ぼすのか、それとも母体に何らかの作用があるのか、未だにわからないのである。もしかしたら両方かもしれない。

そうすると、この村に来て水を飲み、村で採れた野菜や米を食べた自分にも、何か影響があるのだろうか。ぼんやりと考えた武俊であったが、また美貌が目の前に接近したものだからドキッとする。

「ねえ、どんな感じ？」

質問されても、どういう意味なのかわからなかった。

「どんな感じって……ユキさんのキス、とてもよかったです」

「そうじゃなくて」

焦れったげに眉根を寄せられたのと、快さにひたったのはほぼ同時だった。

「え——あ、うう」

ズボン越しでも柔らかさの際立つ手指が、牡器官を握り込んでいた。それにより、いつの間にか勃起していたことに気がつく。

「ほら、硬くなってるじゃない」

ユキが得意げに指摘する。

「いや、だって、あんな濃厚なキスをすれば」

くちづけで昂《たかぶ》り、そこが膨張したと思ったのである。ところが、

「気づいてなかったの？　その前からモッコリしてたのに」

「えっ？」

「このお酒には、男性をエッチな気分にさせる効果があるのよ」

全身が熱くなり、気怠《けだる》さもあったから、酔ったのだと思っていた。そうではなく、媚薬的な作用が働いたというのか。

とても信じられなかったものの、エレクトしたのは事実である。しかも、今朝の朝勃ちにも負けない猛々しさだ。しなやかな指をはじきそうな勢いで、分身がビクンビクンと脈打っている。

(そうすると、山の水にも同じ効果があることになるぞ)

山の水で育った実と、自分たちは同じようなものだと、ユキが言ったのである。現に、村に来てから日替わりで女性たちと交わったのに、ひと晩寝れば翌朝には精力が回復していたのだ。すでに水の恩恵を受けていたとも言えよう。

もっとも、果実酒にすることで、その効果は増幅するのかもしれない。今の漲り具合は特別だと、ブリーフを脱がなくてもわかった。

「オチンチン見せてね」

わくわくした顔つきで、ユキがズボンに手をかける。前を開かれるなり、ブリーフのテントが飛び出した。しかも、頂上に濡れジミをこしらえたものが。

「わ、すごい」

ユキが嬉しそうに口許をほころばせる。

（いや、農作業は？）

手伝ってほしいと言われて来たのを思い出し、困惑する。だが、彼女はすっかり忘れているようだ。

「おしり上げて」

従うと、ズボンとブリーフをまとめて奪われる。ソファーの上で、武俊は下半身すっぽんぽんの格好にさせられた。

（え、こんなに？）

自身の股間を見おろし、目を瞠《みは》る。今にもパチンとはじけそうにふくらんだ亀頭は、エラの張り具合も際立っていた。長さと太さも増している気がする。

「昨日よりも、ずっと逞しいわ」

ユキが唇を舐める。彼女の目にも、変化が明らかなようだ。

指が根元に巻きつく。うっとりする快さを味わう武俊であったが、ペニスの感度が鈍くなっている気がした。容積が増したぶん、感覚点の距離が広がったのだろうか。

「味見させてね」

屹立の真上に、ユキが顔を伏せる。張り詰めた粘膜をチロチロと舐めくすぐり、少しずつ口内に迎え入れた。

間もなく穂先全体が、唇の内側にすっぽりと入り込む。

「ううう」

そこまでされれば、鈍くなったなどと言っていられない。武俊は呻き、熱い鼻息を吹きこぼした。

舌が敏感なくびれを執拗にこする。尿道に溜まっていた先走りが鈴口から溢れ、ぢゅるっとすすられた。

「くはっ、あぁぁ」

ねちっこいフェラチオに、ソファーの上で尻をくねらせる。どうしてこんなことになったのかと、武俊は考える余裕をなくしていた。

(うう、よすぎる)

このまま射精まで導かれるのだろうか。ふと考えたとき、
ピンポーン――。

チャイムの音がやけに大きく響く。誰か来たようだ。

(あ、ひょっとして、もうひとりの手伝いのひとが)

藪下家に来た理由を思い出して焦りまくる。こんなところを見られたら大変だ。

ところが、ユキは落ち着いたものだった。漲り棒から口をはずし、

「来たみたいね」

つぶやくように言って立ちあがり、応接間を出て行った。

（まずいまずいまずい）

武俊は急いでズボンとブリーフを拾いあげ、脚を通した。硬いままのペニスはユキの唾液で濡れていたが、拭うゆとりなどない。

どうにか身支度を整えてソファーに坐り直したのと、応接間にユキが戻ってきたのは、ほぼ同時だった。

（え？）

彼女の後ろにいる人物に、武俊は見覚えがあった。昨日、畑仕事を手伝っていた女性ではないか。たしか名前は、

「憶えてる？　鳴神麻衣子さん。昨日も会ったわよね」

ユキに言われて、「あ、はい」とうなずく。ここで何をしていたのか悟られぬよう、平静を装って。

（てことは、これから麻衣子さんと三人で作業なのか……）

もっとも、麻衣子は清楚なワンピース姿である。着替えないと仕事にならない。いいところだったのにと思いかけ、何を考えているのかと自省する。いやらしいこ

とをするために、ここへ来たわけではないのだ。

それでも、仕事が終わればお誘いがあるのかなと、つい期待してしまう。

ユキは果実酒とアイスペールのお盆に、ふたりで飲んでいたグラスも載せた。片付けるのかと思えば、

「じゃあ、行きましょうか」

お盆を手に、応接間を出る。ところが、彼女は外へ向かわない。導かれたのは別室であった。

2

(え、ここは?)

武俊は室内を見回し、無意識に顔をしかめた。

さっきの応接間ほどではないが、充分すぎる広さのある洋間。クローゼットにドレッサーもあるから、ユキの部屋のようだ。

ダブルサイズよりも大きめのベッドは、もともと夫婦で使っていたのではないか。

彼女がバツイチであることも思い出し、悩ましさを覚える。顔も知らない元旦那に、

この場所で組み敷かれる場面を想像したためだ。

自室に来たということは、作業着に着替えるのか。だったら外で待たせるよなと首をかしげる。

ユキはお盆をベッドサイドのテーブルに置くと、グラスに酒をつぎ足した。ひとつを武俊に、もうひとつは麻衣子に渡す。

「さ、飲んで」

にこやかに言われ、武俊は戸惑いつつもグラスに口をつけた。まだ作業に取りかかるまで時間があるのかなと、ぼんやり考えながら。

一方、麻衣子はコクコクと喉を鳴らす。朱色の果実酒を、すぐに飲み干してしまった。喉が渇いていてというより、気持ちを落ち着かせるためみたいに。彼女はずっと緊張した面持ちを見せていたのである。

「だいじょうぶよ。リラックスして」

ユキが笑顔を見せ、空のグラスに酒を注ぐ。

「うん……」

うなずいた麻衣子は、頬が赤らんでいた。早くもアルコールが回ったのか。

(これを飲むと男はエッチな気分になるって、ユキさんは言ったよな)

応接間での言葉を思い出す。では、女性はどうなるのだろう。同じく媚薬的な作用があるのだとすれば、彼女がいきなりフェラチオをしたのも納得できる。

しかし、仕事の前にこんなものを飲んで、どうするというのか。

「じゃあ、始めようか」

ユキが宣言する。（え、何を？）と訝る間もなく、彼女はいきなりスカートを床に落とした。

（わわわ）

女らしい美脚が大腿部まであらわになり、武俊は狼狽《ろうばい》した。シャツの裾で隠され、下着こそ見えていないものの、セクシーすぎる格好であることに変わりはない。

「あの、着替えるなら、おれは外に――」

後ずさりしかけると、ユキが艶っぽく目を細めた。

「その必要はないわ」

躊躇なくシャツも脱ぎ、下着姿になる。上下とも黒のそれは、白い肌に映えていた。

昨日はオールヌードどころか、秘められたところまで目にしたのである。今さら下着ぐらいどうということはなくても、今はふたりきりではない。どうすればいいのかわからず、武俊は混乱した。

おまけに、ユキは着替える様子を見せないどころか、

「ほら、あなたも脱いで」

と、信じ難いことを口にした。

「いや、どうしておれまで」

「言ったじゃない。手伝ってほしいって」

「手伝うって、農作業じゃないんですか？」

「誰がそんなことを言ったの？」

あきれた顔を見せられ、武俊は返答に詰まった。

「わたしが手伝ってほしいって言ったのは、麻衣子さんのことよ」

「え？」

この場にいるもうひとりを見れば、グラスに口をつけたまま微動だにしない。いきなり肌を晒した友人に驚き、固まったのかと思えば、表情は真剣そのものだった。

「……えと、おれを呼んだのは、何をするために？」

恐る恐る訊ねると、ユキが両手を腰に当てて胸を反らす。

「もちろん、麻衣子さんとセックスしてもらうためよ」

それはもちろんの使い方が間違っていると、武俊は胸の内でどうでもいいことにツ

ッコミを入れた。

麻衣子は三十歳でバージンなのだと、ユキが説明した。

「もともと男がいない村だから、その気にならないと体験なんてできないじゃない。まして、麻衣子さんみたいに引っ込み思案で奥手だと、周りがお膳立てをしないとどうしようもないわけ」

その役割を、最も親しい自分が担うのだという。

「いや、だったら、結婚相手を見つけてあげるとか」

武俊の反論に、ユキは冷笑を浮かべた。

「わたしが失敗しているのに？　だいたい、二十歳の娘ならいざ知らず、三十歳で経験がないなんて引かれるだけじゃない」

「いや、そんなことは……」

「それに、男がどういうものか、前もって知っていたほうがいいのよ。悪いヤツに騙されなくて済むし、理想的な相手を見つけたときだって、うまく対処できるでしょ。今のままだと、悪いヤツからいいように弄《もてあそ》ばれるだけだと思うわ」

たしかに麻衣子は、見るからにおとなしそうである。何も知らないと騙されるという主張は、なるほど当たっているかもしれない。

「だけど、どうしておれがその相手を？」

「相応《ふさわ》しいと思ったからよ。セックスも自分勝手じゃなくて、わたしをいっぱい気持ちよくしてくれたし」

言ってから、ユキが思わせぶりに睨んでくる。おしりの穴まで舐めたことを言っているのかと、武俊はどぎまぎした。

要は男として認められたということなのか。だが、何かが引っかかる。その理由を、武俊は不意に思い出した。

『じゃあ、予定通り、あしたね――』

昨日、麻衣子が帰るときに、ユキはそう言ったのである。つまり、こうなることは早くに決まっていたのだ。

(それとも、ただ農作業を手伝ってもらうつもりだったのを、昨日あんなことがあったから変更したのか？)

ともあれ、ふたりが関係を持ったことを、麻衣子も知っていると見える。その上でここに来たということは、ロストバージンの覚悟ができているのだ。

「そういうことだから、まずは男のカラダの勉強からね。さ、いい子だから、おとなしくしなさい」

同い年なのに年上ぶったユキに、武俊は有無を言わさず脱がされてしまった。ブリーフも奪われ、素っ裸にさせられる。

「ちょっと、どうしたのよ？」

叱られて、武俊は困惑した。

「え、何が？」

「オチンチン、さっきはギンギンになってたじゃない」

その部分は平常状態に戻り、うな垂れて亀頭も包皮に隠れていたのである。この部屋に来るまでは勃起していたはずだが、急な展開に気持ちが追いつかず、萎えてしまったらしい。

「しょうがないわね」

顔をしかめたユキが、ベッドの掛け布団を剝ぐ。「ここに寝なさい」と、顎をしゃくって命令した。

逆らえない状況に置かれ、武俊は渋々ベッドに上がった。とは言え、年上女性の初めてを奪うことに、気が逸りつつあったのも事実である。

村に来て肉体を繫げた三人、喜美代も璃乃もユキも積極的で、自ら迫るタイプだった。けれど、麻衣子はそうではなさそうだ。こうして友人に場をしつらえてもらわないと、男女の行為に及べないぐらいなのだから。

つまり、武俊がリードしてあげねばならないのである。まあ、ユキがいるのだし、主導権を握るとまではいかないだろうが。

ともあれ、これまでとは異なる展開になりそうで、ときめきを禁じ得ない。処女と交わるのも初めてなのだ。

しかしながら、ユキは下着姿になったけれど、麻衣子は服を着たままである。自分ばかり全裸なのは居たたまれない。

おまけに、仰向けになると、

「隠すんじゃないの」

股間にかぶせていた両手を乱暴に払われてしまった。ブリーフを奪われたときは麻衣子に背中を向けていたから、とうとうすべてを見られてしまったのである。

「あ――」

三十路の処女が小さな声を洩らし、目を見開く。視線は牡のシンボルにしっかりと注がれていた。

（うう、見られた）

妙に恥ずかしいのは、これが彼女にとって初めてのペニスだと思うからか。

「ほら、麻衣子さんもあがって」

武俊の脇に膝をついたユキが、年上の友人を手招きする。ふたりの美女に挟まれて、まさに俎上《そじょう》の魚の気分だ。

「まあ、勃起してないほうがよかったかもね。これが普通の状態のオチンチンよ」

ユキの言葉に麻衣子がうなずく。先生の教えを受ける真面目な生徒みたいに。

「今はまだ可愛いし、皮もかぶってるけど、こうすると――」

二本の指が秘茎を摘まみ、包皮を押し下げる。ピンク色の亀頭が全貌を現したのと同時に、そこがムクムクと膨張を開始した。

「ほら、大きくなってきた」

ユキが言い、麻衣子が目を瞠る。程なく、握り込んだ五本の指からにょっきりとはみ出すまでに、牡器官が伸びあがった。

「すごい……」

つぶやいて、コクッと喉を鳴らす三十歳。男を知らなくても、相応に知識はあるのだろう。いたずらに怯える様子はない。

「さわってみて」

促されて、素直に手を出す。色合いを濃くした肉根に、そっと指を回した。

「くうう」

優しく包み込まれる感触に、武俊は呻いて腰を震わせた。遠慮がちな握り方で、うっとりする心地よさにひたったのである。

「どう？」

「うん……硬くて、とっても熱い」

手指にニギニギと強弱を加え、麻衣子が感想を述べる。そんなところにも、生真面目な性格が窺《うかが》えた。

と、ユキが落ち着かなく、腰をモジモジさせていることに気がついた。友人が勃起した男根を手にしたところを見て、昂りを覚えているのだろうか。

「フェラチオって知ってる？」

「うん」

「じゃあ、やってみるから、見てて」

交代して屹立を握ったユキが、ふくらみきった亀頭の真上に顔を伏せる。張りつめた粘膜をぺろりと舐めてから、徐々に口内へ迎え入れた。

その様子を、麻衣子は武俊の腹に頭を載せ、真横から覗き込んだ。おかげで陰になり、ユキのフェラ顔が見られなくなる。

それでも、淫靡な状況に置かれた武俊は、分身を雄々しく脈打たせた。

(まさか、一度にふたりを相手することになるなんて――)

だが、目的は麻衣子の初体験だから、ユキは最後までしないつもりなのか。

いや、こうして下着姿になっているのだ。友人がハメられるのを見たらたまらなくなって、わたしもしてと素っ裸になるかもしれない。そんな展開を思い描くだけで全身が熱くなり、シーツの上で身をくねらせてしまう。

剛直全体に唾液をまぶしてから、ユキが顔を上げる。

「ふう」

ひと息ついて、年上のバージンに訊ねた。

「やってみる?」

「……うん」

麻衣子が再び筒肉を握る。友人の唾液で濡れているのも厭わず、最初から深々と咥《くわ》え込んだ。

チュッ――。

吸われて、腰がガクンとはずむ。

（麻衣子さんが、おれのを）

未だ男を知らない、見るからに控え目でおとなしそうな女性。そのひとが、猛々しくふくれあがった牡の性器を口に入れ、舌を絡みつかせているのだ。

そう考えるだけで、海綿体がますます充血する。着衣のまま、全裸の男に奉仕する姿にも、そそられるものがあった。

「ンふ」

麻衣子が鼻息をこぼし、舌を動かす。

（初めてなのに、ここまでしてくれるなんて）

自分がするときのことを想像し、シミュレートしたこともあったのだろうか。気持ちよくなってもらおうと、一所懸命なのが伝わってくる。しゃぶり方は覚束なくとも、武俊は豊かな快さにひたった。

「すごく気持ちいいです」

告げると、彼女の頰に赤みが差す。恥ずかしがって、頭を小さく横に振るのがいじらしい。

三分ほども続けてから顔を上げ、麻衣子が天井を見あげる。白い喉が上下したから、口の中に溜まった唾液を飲んだのだろう。カウパー腺液も混じった、かなり粘っこいものを。

「どうだった？」

ユキに感想を求められ、麻衣子が首をかしげる。

「けっこう難しかったわ」

「すぐに慣れるわよ。じゃあ、射精するところを見せてもらいましょ」

ユキは女友達に、手でペニスを愛撫するやり方をレクチャーした。

「この皮をうまく使って、気持ちよくしてあげるの。アタマのところは敏感だから、こうやって皮をかぶせたり剝いたりすると、刺激としてはちょうどいいのよ」

「そうなの……」

「やってみて」

教わったとおりに実践し、麻衣子は程なくコツを摑んだようだった。やはり事前に研究していたのではないか。

（まあ、ネットが繫がってないと、無修正動画なんかは見られないだろうけど）

ただ、姫奈のところには光ファイバーが来ていた。ネット環境の整った家は、他にもあるのかもしれない。

あるいは、姫奈の家に村の女性たちが集まって、夜な夜な男を虜《とりこ》にする研鑽《けんさん》を積んでいるのだとか。などと、儀式めいた場面を想像してしまったのは、こうして何人もの女性たちと愛を交わしてきたのに、未だに村の全貌がはっきりしていなかったからである。

住んでいる人間も多くないというし、家も少ない。あるのは豊かな自然と田畑ぐらいだ。にもかかわらず、不明なことが多すぎる。

「あうう」

武俊は呻き、腰をガクガクと上下させた。麻衣子に筒肉をしごかせながら、ユキが陰囊に触れてきたのである。

「ここって男の急所だけど、優しくさすってあげると気持ちいいのよ」

「あ、本当だわ。オチンチンがビクンビクンって」

三十路の美女が、嬉しそうに口許をほころばせる。牡器官の反応から、快感を得ているとわかったようだ。

年齢を感じさせない愛らしさに、武俊はどんどん惹かれるのを感じた。

(この村って、本当に魅力的な女性ばかりなんだな)

いくら不便なところでも、このことを知ったら、国中から男が押し寄せてくるのではなかろうか。

「じゃあ、射精させるわよ」

ユキが声をかけると、

「あ、待って」

麻衣子が戸惑いを浮かべる。

「え、どうしたの？」

「だって……精液が出たら、オチンチンは小さくなるんでしょ？」

心配そうに訊ねられ、ユキがクスッと笑う。

「だいじょうぶ。若いんだから、すぐにまたギンギンになるわ。それに、あのお酒も飲ませたんだし」

そう言って、ベッド脇のテーブルに置かれた果実酒を横目で見る。これに、麻衣子は納得顔でうなずいた。どういう効果があるのか知っているようだ。

「それから、射精しても手を動かし続けるのよ。出ているときにシコシコされるのが、男のひとはいちばん気持ちいいんだから」

「わかったわ」

「それじゃ、しごいてあげて。ガマン汁もこんなに出てるし、もうすぐだと思うから」

鈴口から滴る透明な粘液が、しなやかな指も淫らにヌメらせる。武俊がかなりのところまで高まっているのは事実だった。

(だけど、おれの意向は完全に無視なんだな)

さっきから一度も了解を求められていない。オモチャかモルモットにされているも同然だった。

それでも、口を挟むのもはばかられる気がして、されるままに身を任せる。あとは三人とも無言になり、包皮に巻き込まれたカウパー腺液が、クチュクチュと泡立つ音だけが静かに流れた。

(うう、出そうだ)

二分とかからず、武俊は歓喜のとば口を捉えた。呼吸がハッハッと荒くなり、分身も硬度を増して伸びあがる。

「あ、なんか、出そうな感じ」

言ったのは麻衣子だ。男に奉仕するのは初めてでも、察するものがあったらしい。

「うん。キンタマも持ちあがってるし、もうすぐだね」

陰嚢を揉み撫でるユキも同意し、ふたりの動きがシンクロする。まるで、ひとつの目的に向かって息を合わせたかのように。

「あ、あ、で、出ます」

蕩ける悦びが手足の先まで行き渡り、裸身が波打つ。武俊は背中を浮かせ、熱い体液を天井目がけて勢いよく放った。

「キャッ」

麻衣子が悲鳴を上げる。手が一瞬だけ止まったものの、教わったことを忘れていなかった。すぐさま上下運動を再開させ、年下の男に切ないまでの愉悦をもたらす。

「うあ、あっ、ううう」

からだがバラバラになりそうな絶頂感に、武俊は声をあげどおしだった。放物線を描いて落下したザーメンが、肌を汚すのにもかまっていられなかった。

「あら、すごく出てるわね」

ユキが感心した口振りで言う。多量にほとばしらせているのは、武俊にもわかった。連日の交歓で、精子の製造が追いついていないと思っていたのに、まだこんなにあったなんて。

青くさい匂いも濃厚で、バツイチ美女の寝床を男くさくする。しかしながら、ユキはうっとりと鼻を蠢かせていた。麻衣子も悩ましげに眉根を寄せつつ、満更でもないという面持ちだ。

「ふはぁ」

美女たちの手でたっぷりと放精した武俊は、ぐったりして手足をのばした。何をするのも億劫で、ふたりが精液についてあれこれ言葉を交わすのも、まったく耳に入らなかった。

3

後始末を終えたユキが、麻衣子に告げる。

「じゃあ、今度は麻衣子さんの番よ」

三十路の処女は恥ずかしそうにモジモジした。精液に興味津々だったようで、熱心に観察し、匂いばかりか味見までした大胆さが嘘のように。

「……やっぱりしなくちゃダメ？」

「当たり前じゃない」

埒《らち》が明かないとばかりに、ユキが麻衣子のワンピースを脱がした。

「ああん」

嘆くのもおかまいなく、年上の友人の肌をあらわにする。白い下着をまとった熟れボディは、女らしくふくふくしていた。

下着姿の美女がふたり。白と黒で、まさに白黒ショーだなと武俊は思った。もっとも、その言葉の意味を、正確に理解していたわけではない。

ユキは麻衣子のブラジャーも奪った。残るは処女の証みたいな純白のパンティのみ。

「最後の一枚は、このひとに脱がせてもらって」

「うん……」

麻衣子が怖ず怖ずとベッドに身を横たえる。

「じゃあ、まずはキスしてあげて」

ユキに言われてうなずき、武俊は三十路の女体に覆いかぶさった。

ボディソープの甘い香りがたち昇る。麻衣子は家でからだを洗ってきたようだ。初めて男に抱かれるために、隅々まで清めたのではあるまいか。

できれば正直な匂いを嗅ぎたかった武俊は、ちょっとがっかりした。それでも、女性らしい気遣いのできる彼女に好感も抱く。

「キスしますよ」

いちおう予告すると、無言でうなずく。瞼を閉じ、顎をそっと上向きにした。

ひょっとして、これが麻衣子のファーストキスなのだろうか。その前にフェラチオを経験したのは順番が違っていたなと思いながら、武俊は唇を重ねた。

ふに――。

柔らかなものがひしゃげる感触がある。思った以上にぷにぷにした唇に、武俊は胸をはずませた。ほのかにこぼれる吐息も、温かくてかぐわしい。

たまらず舌を差し入れると、遠慮がちに吸ってくれる。処女だとわかっていても欲望本位に振る舞ってしまうのは、年上ということで甘えてしまうからか。抱き心地のいい女体も、あらゆる欲望を受け止めてくれるかのよう。

くちづけを存分に堪能してから顔を放すと、潤んだ瞳が見つめてくる。濡れて赤みを増した唇も色っぽい。

「……ね、大きくなってる？」

掠れ声で訊ねられ、何のことかすぐにはわからなかった。

「え？」

「オチンチン」

そのものズバリを口にされ、狼狽する。

「あ、はい……大きくなってます」

ふたりのあいだで、分身はいつの間にか再勃起を果たし、雄々しく脈打っていた。

それを感じたからこそ、麻衣子は質問したのだろう。

「じゃあ、して」

ストレートな要請に、武俊はナマ唾を呑んだ。

「わかりました」

身を剝がし、最後の一枚に手をかける。何も言わずとも、麻衣子はおしりを浮かせて協力した。一刻も早くという心境だったのだろう。

クロッチの裏地が、秘芯に張りついていた。剝がれるときに、粘っこい糸が一瞬だけ繋がる。すでに濡れていたようだ。

脚を開かせて確認すれば、秘毛は薄かった。ヴィーナスの丘に、疎《まば》らな感じで逆立つのみ。生えたての少女みたいで、一帯は色素の沈着も淡かった。花弁のはみ出しも見られない、いかにもバージンという清らかな眺めだ。

ところが、ほんのり赤らんだ合わせ目には、細かなきらめきがあった。やはり愛液を滲ませていたのだ。もしかしたらキスをする前、ペニスを愛撫したときから昂っていたのではないか。

酸味を含んだ秘臭が漂ってくる。蒸れた趣もあるそれは、彼女本来のかぐわしさなのだろう。発情したことで、素のパフュームを取り戻したようだ。

「可愛いオマンコね」

いつの間にか寄り添っていたユキにささやかれ、ドキッとする。

「あ、はい」

「クンニしてあげて」

魅惑の園に、武俊は顔を埋めた。言われなくてもそうするつもりだった。

濃密な女くささが、鼻奥にまで流れ込む。頭がクラクラするのを覚えつつ、閉じた媚唇にくちづけ、合わせ目を舐めた。

「ん……」

麻衣子が小さく呻く。何をされたのかわかっていない様子だ。それをいいことに、舌を窪地に差し入れる。

「イヤッ」

太腿が閉じられ、武俊は柔らかなお肉で頭を強く挟まれた。

「そ、そこはダメっ」

洗ってあったから気にしないのかと思えば、本気で抗っている様子だ。すでに濡れていた自覚があったためなのか。いや、単純に恥ずかしいところだから、舐められたくないのであろう。

とは言え、フェラチオをしたあとでクンニリングスを拒むのは、道理に合っていない。武俊はかまわず舌を躍らせ、湿った裂け目をほじるようにねぶった。

「あ、あ、イヤぁ」

麻衣子が腰をよじって暴れる。敏感な肉の芽を狙っても同じことだった。感じれば身を任せると思ったのに、それどころではないらしい。

武俊は諦めて口をはずした。離れようとする意志を示すと、キツく閉じていた腿が緩められる。

戸惑いながら顔を上げると、彼女は涙目になっていた。

「あなたみたいに若い子が、わたしのそこなんか舐めちゃダメなのよ」

お説教をされ、大いに戸惑う。年なんて、たった五つしか違わないのに。八つも違う喜美代は、自らクンニリングスをせがんだのだ。

あるいは、三十歳にもなってバージンであることにコンプレックスがあり、自らの性器が不浄の部分であるという意識も強いのか。もちろん、武俊は少しもそんなふうに思っていなかった。

さりとて、本人が嫌がっているのに無理強《じ》いはできない。

「さあ、挿《い》れてちょうだい」

結合を求められ、「わかりました」とうなずく。正常位で交わる体勢になると、横から手が入れられた。ユキだ。

「ここよ」

入るべきところに導くと、亀頭を恥裂にこすりつけ、しっかり潤滑してくれる。おかげで、武俊は安心できた。

「初めてなんだから、無理やり挿れるんじゃなくて、壁にぶつかったらちょっと下がるぐらいの気持ちでしてあげて」

アドバイスにも、「はい」と素直に返事をする。

ユキの手がはずされると、武俊は麻衣子を真っ直ぐ見つめた。穂先は膣口を捉えており、迷う必要はない。

「挿れます」

「はい」

短いやりとりのあと、腰を少しずつ進める。

関門はすぐにあった。入り口がかなり狭く、強く圧《お》し広げる必要がありそうだ。

「つ――」

三十路処女が顔をしかめる。瞼を閉じているが、かなりつらそうだ。

武俊は力を緩め、ひと呼吸置いてまた進んだ。そうやって小刻みな前進と後退を繰り返していると、狭いところが徐々に開いてくる感じがあった。

(おしりの穴といっしょなのかも)

璃乃のアヌスを攻略したときを思い出す。最初はキツく閉じていたところが、舐めることで柔らかくほぐれ、指ばかりかペニスまで挿入することができたのだ。

処女膜だって、乱暴にしなければしっかり開いて、男を迎え入れるはずである。なるべく苦痛を与えまいと、武俊は慎重に動いた。

そのうち、麻衣子の呼吸がはずんでくる。

「も、もうだいじょうぶみたい。挿れて」

待ちきれないふうに求めたのは、入り口を刺激され続け、悩ましい疼《うず》きを覚えたからではないのか。

「じゃあ、いきます」

声をかけ、今度は迷いなく進む。充分に潤った狭穴を、丸い先端が広げた。

ぬるん――。

径の太い裾野を乗り越え、亀頭が膣内に入り込む。くびれ部分が、膣口の輪っかで強く締めつけられた。

「くううぅ」

麻衣子が首を反らし、眉間のシワを深くした。

「だいじょうぶですか？」

呼吸が落ち着くのを待って訊ねると、何度もうなずく。

「うん……平気みたい」

「まだ先っぽだけですけど、このまま進めてもいいですか？」

「ええ、してちょうだい」

言ってから、彼女が首っ玉にしがみついてくる。抱き寄せられるかたちで、ふたりの唇が重なった。

「ん……ンふ」

麻衣子が鼻を鳴らし、今度は自分から舌を入れてきた。まるで、破瓜《はか》の傷をくちづけで癒やすみたいに。

もっとも、痛みはそれほどなかったようである。むしろ、狭まりを開かれた苦しさと、違和感が大きかったのではないか。

唇が離れると、彼女がふうと息をつく。

「いいわ。全部挿れて」

求めに応じて、武俊は再び進んだ。広がったところが切れないよう、進んでは退き、馴染ませながら膣奥を目指す。

時間をかけて、ふたりはひとつになった。

「入りました」

声をかけると、女体が緊張を解く。それにより、蜜穴の締めつけも少し緩んだ。

「……しちゃったのね、わたし」

感慨深げなつぶやきに続き、涙がこぼれる。

「痛いんですか？」

「ううん……うれしいの」

泣き笑いの顔で、麻衣子が告げる。

「初めてが天木さんで、本当によかったわ」

そこまで喜んでもらえると、嬉しいけれど照れくさい。一方で、年上の彼女への情愛も高まった。

「うん、ちゃんと入ってるわ」

背後でユキの声がする。交わったところを覗き込んでいるようだ。

「やん、もう」

麻衣子が顔をしかめる。牡を咥え込んだ女芯が、キュッとすぼまった。その部分に視線を感じたのか。

「だけど、あなたも大したものね」

顔の横に来たユキが感心する。

「え、何がですか？」

「麻衣子さんを、しっかりロストバージンさせてあげたんだもの。しかも、あんなに優しく」

羨ましそうに言い、ため息をつく。まるで、自身の初体験を悔やむみたいに。

「まだ若いのに、女の気持ちをちゃんと理解しているのね」

褒められて、そんなことはないと武俊は思った。何しろ、村に来るまで知っていた女性は、ソープ嬢ひとりだけなのだから。

だが、本当に期待に添えたのだとすれば、性の手ほどきをしてくれた牝水村の女性たちのおかげだと言えよう。短い期間に濃密な経験を積んだことで、いくらかでもマシな男になれたのだ。

「麻衣子さん、痛くない？」

年下の同性に訊かれて、女になったばかりの美女が首を横に振る。

「ううん。中にいっぱい詰まってる感じはあるけど」

「だったら、このまま続けてもよさそうね。オマンコの中に、精液を注いであげて」

またもあらわな言葉遣いをされ、武俊は眉をひそめた。挿入された本人でもないのに、軽々しくそんなことを言うなんて。

「いいんですか？」

確認すると、麻衣子が「ええ」と了承する。

「わたし、最後までしてもらいたいの。天木さんのを、中に出してほしい」

あるいは安全日ということで、今日を選んだのだろうか。

「わかりました」

武俊は了解し、抽送を開始した。無理をして入り口が切れないよう、注意深く。

「ん……あ――」

小さな喘ぎがこぼれる。時おり顔をしかめたから、粘膜が多少は傷を負ったのかもしれない。

それでも、彼女は泣き言を口にせず、懸命に耐えていた。

(早くイカなくちゃ)

楽にしてあげたいと思っても、動きをセーブしているから、簡単には上昇しそうになかった。さりとて、中出しを求められた以上、絶頂せずに抜いて終わらせるわけにはいかない。

どうしようと焦れていたとき、

「あああ」

武俊が声を上げたのは、下半身にゾクッとする感覚が生じたからだ。

「ほら、さっさと出しなさい」

射精を促すため、ユキが陰嚢を愛撫したのである。友人が長く苦痛を味わわなくて

も済むように。

おかげで、歓喜の震えが全身に行き渡る。

「あああ、ま、麻衣子さん」

呼びかけると、彼女が両脚を掲げ、腰に絡みつける。

「だいじょうぶだから、激しくして」

健気(けなげ)な言葉に操られるように、腰を大きく振り立てる。心地よい摩擦と締めつけで、

武俊は時間をかけずに頂上へ至った。

「うう、で、出ます」

ふんふんと鼻息を荒ぶらせ、射精する。めくるめく歓喜とともに、熱い固まりが尿

道を駆け抜けた。

「ああーん」

麻衣子がのけ反り、悩ましげに喘ぐ。からだの奥にほとばしったものを感じたのだろうか。

「ふふ、またいっぱい出てるみたい」

牡の急所を揉みながら、ユキが愉快そうに言う。あたかも、玉袋のポンプで精汁を吸い出すかのごとくに。

「く——ううっ、ふはッ」

オルガスムスの激しい波が去り、武俊は脱力した。どんなクッションよりも優しく受け止めてくれる、柔らかな女体にからだをあずける。

「ありがとう、天木さん……」

麻衣子のお礼が、耳に遠かった。

4

ぐったりしてベッドに手足をのばした友人の秘苑を、ユキが優しく拭ってあげる。

「処女膜がちょっと切れたみたいね」

薄紙に吸い込まれたザーメンは、わずかにピンク色であった。見せられて、武俊は胸がチクッと痛んだ。

（本当によかったのかな……）

いくら求められたとは言え、処女を奪ったのである。自分なんかが初めての男として相応しかったのかと、疑問を抱かずにいられない。

たとえ、麻衣子が満足げな面差しで、初体験の感動を反芻《はんすう》していても。

「ほら、あなたのも拭いてあげる」

ユキに言われ、武俊は首を横に振った。

「いや、おれは自分でしますから」

「ダメよ」

彼女は強引に、ふたり分の体液で濡れたペニスをティッシュで拭った。自ら手を出したにもかかわらず、かなり適当に。

おまけに、ざっと清めただけの牡器官を、ユキは口に入れたのである。

「くああ」

武俊はのけ反り、堪えようもなく仰向けになった。果てて間もない秘茎は敏感で、くすぐったさの強い悦びに身悶える。

(ユキさんも、したくなってるんだな)

お口でクリーニングを施そうとしているのではなく、再勃起を促しているのは明らかだ。後ろに突き出されたヒップが、いやらしくくねっている。

チュッ——ピチャピチャ……。

しゃぶられることで、萎えていたモノが膨張する。海綿体に血流が流れ込み、逞しいシルエットを取り戻した。

「ぷは——」

漲りきった肉根から口をはずし、ユキがひと息つく。目を細め、そそり立った肉棒に笑みをこぼした。

「大きくなっちゃった」

自分がそうさせたのに、他人事みたいに言う。それから、おねだりの目を向けてきた。

「わたしのも舐めてくれる?」

「ええ、もちろん」

麻衣子の秘部はほとんど味わえなかったので、願ったり叶ったりである。

ユキがパンティを脱ぐ。黒いブラジャーのみを着けた格好で、武俊の上に逆向きで重なった。

　むわん――。

　ヒップを目の前に差し出されるなり、チーズをぬくめたような乳酪臭が漂う。昨日は清めたあとで、匂いがほとんどなかったのだ。ようやく正直なかぐわしさを知り、胸に感動が満ちる。

（すごく昂奮してたんだな）

　毛足の長い秘毛に囲まれた女芯が、じっとりと濡れていた。友人の初体験をサポートしながら、切なさを募らせていたようだ。武俊の急所に触れてきたのも、自分もしてもらいたいという思いの表れだったのかもしれない。

　もっちりした丸みを両手で掴み、武俊は引き寄せた。

「ああん」

　ユキは嘆きながらも、おしりを与えてくれる。わずかな抵抗があったのは、秘苑が濡れ、生々しい臭気を発しているとわかったためなのか。

　そんなためらいも、クンニリングスをされたい気持ちには勝てなかったようだ。濡れ割れに舌を差し入れると、「くぅーん」と甘えた声を発した。

　豊潤な蜜汁は、匂いほどに味はない。ほんのちょっぴり塩気がある程度だ。

それが武俊には、甘露この上ないものに感じられた。

(ああ、美味しい)

粘っこいそれを唾液に溶かし、喉に落とす。同い年の美女との一体感にひたりつつ、視線はいつしか谷底のツボミに向けられていた。

(ああ、可愛い)

敏感なところをねぶられるたびに、キュッとすぼまるのがいじらしい。見ているだけでは満足できず、ちょっかいを出したくなる。

当然、ユキも望んでいるものと見なして、武俊はアヌスにも舌を這わせた。

「あ、あ、そこぉ」

甲高い嬌声がほとばしり、丸みが顔の上でくねる。そのとき、

「え、そんなところまで?」

驚いた声が間近でしたものだからギョッとする。いつの間にか、麻衣子が友人の舐められるところを覗き込んでいたのだ。自分がされるのは抵抗があっても、見るぶんにはかまわないらしい。

「ああん、もう」

見られているとわかったか、ユキがイヤイヤをするようにヒップを揺する。もっと

も、彼女だって男女の交わりを間近で見物したのだ。おあいこである。

「おしりの穴って、舐められたら気持ちいいの？」

素朴な疑問に、武俊はいったん舌をはずして答えた。

「ユキさんは感じるみたいですよ」

「言わないでよ、バカっ」

さすがにそんなことまで知られるのは、居たたまれないらしい。大胆なわりに、繊細なところもあるようだ。

「もういいから、さっさとハメるわよ」

ユキがそそくさと身を起こす。からだの向きを変えることなく、武俊の腰に移動した。昨日と同様、背面の騎乗位で繋がるつもりらしい。

さっき、友人のフェラチオを見て学んだのと同じく、麻衣子が腹の上で頭を横向きにする。ペニスが膣に入るところも観察するつもりなのだ。

「こんなに大きなオチンチンが、本当に入るのかしら……」

つぶやきが聞こえる。自身が迎え入れたあとでも、セックスは未知の領域にあるようだ。

そして、じっくりと見せつけることなく、ユキは屹立の真上に腰をおろした。

「はあああああっ」

濡れ窟を剛棒で塞がれ、長く尾を引く声をあげる。その部分が見えなくても、濡れ温かなものがまといつく感覚と甘美な締めつけから、挿入が遂げられたとわかった。

「あん、すごい。入っちゃった」

三十路の美女が、何も知らない少女みたいな感想を口にする。自身も同じことをした直後なのに。

「麻衣子さんってば、そんなに見ないで」

不満を口にしつつも、ユキは貪欲に悦びを求める。前屈みになり、牡を咥え込んだおしりを上げ下げした。

ぬちゅ……ちゅぷ――。

卑猥な濡れ音が、武俊の耳にも届く。

「あ、あ、いい……感じるぅ」

女膣に肉棒が出入りするところは、麻衣子の頭が遮《さえぎ》って見えない。だが今は、第三者の視線を浴びることに昂奮する。

間近で交合を目にする麻衣子も、劣情を抑えきれない様子である。まん丸おしりが物欲しげにくねっているからだ。

彼女が振り返る。艶を帯びた眼差しで武俊を見つめ、

「ねえ、ユキさんのあとで、もう一回いい？」

控え目なおねだりをする。

「もちろんです」

武俊は即答したものの、本当にそれで終わるのかと心配になった。

（おれと麻衣子さんがしてるのを見たら、ユキさんもまたいやらしい気分になるかもしれない）

淫らな交歓は、際限なく続くのではないか。からだが持つかなと、武俊は不安を拭い去れなかった。

# 第五章　愛しい美女の秘密

## 1

姫奈から連絡があったのは、翌日の午後であった。

「電話よ。姫奈ちゃんから」

昼過ぎまで惰眠を貪っていた武俊は、喜美代に呼ばれて飛び起きた。いきなり冷水でも浴びせられたみたいな勢いで。

なかなか起きられなかったのは、昨日の荒淫のせいだ。最初にユキと麻衣子、ふたりの手で導かれたあと、それぞれとセックスして二回ずつ達した。合計で五回の射精を遂げたのである。

しかし、姫奈からの電話となれば、そんなことは言っていられない。急いで部屋を出て、電話口に向かう。

「も――もしもし」

焦り気味に応答すれば、聞き覚えのある声が受話器から流れた。

『長らくお待たせしてすみません。車のほう、ようやくお返しすることができるようになりました』

「そうですか」

『本当に申し訳ありませんでした。天木さんには村まで送っていただいたばかりか、すっかりご迷惑をおかけしてしまって』

「迷惑なんてことはありません。むしろ――」

余計なことを言いかけて、口をつぐむ。おかげで美女たちとめくるめく体験ができたなんて、打ち明けるわけにはいかない。女好きの軽薄な男だと思われてしまう。

『え、どうかされましたか？』

「ああ、いえ、べつに」

『それで、これから車をお届けしようと思うんですが、ご都合はよろしいですか？』

「だったら、おれが取りに伺います」

姫奈が運転してきたら、車を置いてそのまま帰ってしまうかもしれない。訊きたいこともあるし、とにかく彼女と話がしたかった。

『そうですか……わかりました。では、お待ちしております』

「はい。またあとで」

電話を切ると、武俊は急いで身支度をした。姫奈の家に行くと喜美代に告げ、土谷家を出る。

(ああ、やっと会えるんだ)

武俊は自然と早足になった。一目惚れした理想の美女。この村に導いてくれた彼女と、ようやく再会できるのである。

正直、何度か疑念も抱いたのである。訪ねても不在だったし、車も見当たらなかった。やはり騙されて、人里離れた山奥に連れてこられたのではないか。拉致監禁なんて物騒な言葉まで浮かんだ。

けれど、それにしてはイイコトずくめだったのだ。思い過ごしだと、すぐさま疑いの気持ちを改めた。

とにかく、姫奈の話を聞けば、すべてすっきりするに違いない。

黒川家に着くと、車庫の中に愛車があった。丸三日も見ていなかったから、どことなく余所余所しく映る。

「ごめんください」

玄関の外から声をかけると、中から足音が聞こえた。カラカラと軽やかな音とともに引き戸が開けられ、そこにいたのはずっと会いたかったひとであった。

「いらっしゃい」

はにかんだ笑顔の姫奈に迎えられ、胸がきゅんとなる。白いブラウスにベージュのカーディガンという、清楚な装いがよく似合っていた。

「お、お久しぶりです」

などと、何ヶ月も消息を絶っていたみたいな挨拶をしてしまったのは、それだけ再会を待ち焦がれていたからだ。

「それじゃあ車のほうを――」

彼女が直《ただ》ちに用件を済ませそうな感じがしたものだから、武俊は遮るようにお願いを口にした。

「あ、あの、上がらせていただいてもよろしいですか？」

不躾なことを言っていると、もちろんわかっている。それでも、この機会を逃すわけにはいかなかった。

案の定、戸惑いをあらわにした姫奈であったが、

「……わかりました」

諦めの面持ちで承諾する。自分が武俊を村に連れてきた負い目もあるのだろう。

「では、こちらへどうぞ」

「失礼します」

緊張を隠せぬまま、家に上がらせてもらう。

前を行く姫奈は、普段着っぽいグレーのパンツを穿いている。脚の部分がゆったりした、遠目だとロングスカートにも見えそうなものながら、ヒップは割れ目がくっきりわかるほど喰い込んでいた。そのため、ぷりぷりとはずむ丸みを、つい目で追ってしまう。

通されたのは居間であった。カーペット敷きの洋間ながら、ユキの家ほど広くない。二人掛けのソファーとテーブル、あとは飾り棚と本棚があるぐらいだ。

「お茶をお持ちしますね」

いったん下がろうとした姫奈を、武俊は「待ってください」と引き止めた。

「お茶はいりません。それよりも、姫奈さんと話をしたいんです」

告げるなり、彼女の肩がビクッと震える。目を伏せて、「……わかりました」とうなずいた。あれこれ訊かれるとわかっていたようだ。

ソファーに並んで腰掛けると、甘い香りが鼻腔に流れ込む。年上美女のかぐわしさだとすぐにわかったのは、ふたりでドライブをしたときにも、同じものにうっとりさせられたからである。

(あれは香水じゃなくて、姫奈さん自身の匂いだったんだな)

いっそう好ましく感じられ、悟られないように深々と吸い込む。

「それで、お話って？」

訊ねられて狼狽したのは、不埒な行いを咎められた気がしたからだ。

「あ、ああ、ええと」

焦りまくったせいで言葉が出てこない。落ち着けと自らに言い聞かせ、何気に視線を飾り棚に向けたとき、フォトスタンドが目に入った。

(え？)

心臓が不穏な高鳴りを示す。そこに写っていたのは姫奈と、見知らぬ男であった。

ふたりは仲睦《なかむつ》まじげに寄り添い、レンズに笑顔を向けている。

カラフルな背景からして、場所は遊園地らしい。いかにも恋人同士のデートスナップというものだ。

(ひょっとして、このあいだ置いてきぼりにされたっていう彼氏なのか？)

別れるつもりだと言ったのに、まだ写真を飾っているということは、謝られるなどしてヨリを戻したのか。そして、ここ数日不在だったのも、そいつと一緒にいたからで――。

想像がふくらみ、悲しみが募る。結局、自分が一方的に恋い焦がれていただけだったのか。まったく、滑稽な大馬鹿者だ。

「どうかしたんですか？」

姫奈の問いかけに、

「あの写真――」

武俊は反射的にフォトスタンドを指差していた。

「このあいだ喧嘩をした彼氏さんですか？」

彼女はすぐに返事をしなかった。俯いて、膝の上で手を遊ばせる。親切心で車に乗せてあげたのに、結局別れなかったのを非難されると思ったのか。

「……違います」

間を置いて返された言葉に、武俊は眉をひそめた。

(え、それじゃ、その前に付き合った男なのか？)

思いかけて、そんなわけがないとかぶりを振る。新しい相手が見つかったら、以前の恋人の写真など処分するであろう。

では、新しい彼氏ができたのか。武俊の車を断りもなくデートに使い、こんな写真まで撮っていたと。

その推測を直ちに打ち消したのは、写真の姫奈をよくよく見れば、かなり若かったからだ。二十七歳の今よりも、五つか六つは下だと思われる。写真そのものも、幾ぶん色褪せた感じだ。

「じゃあ、写真の男性は誰なんですか？」

改めて質問すると、彼女がやり切れなさそうに息をついた。

「昔、付き合っていたひとです」

「え？　それじゃ、サービスエリアに姫奈さんを置いていったのは――」

「そんなひとはいません」

開き直ったふうに言われ、目が点になる。

「え、いない？」

「あれは、天木さんを罠に掛けるためのでまかせだったんです」

罠に掛けたと、面と向かって言われたのに、武俊は落ち着いていられた。姫奈は他人を陥れて悦に入る人間ではないし、何か事情があるのだと推察できたからだ。

「つまり、おれを牝水村に連れてくるための嘘だったんですね？」

「そうです……」

「最初から、おれを狙っていたんですか？」

「いいえ。正直、誰でもよかったんです。ただ、平気で悪いことのできるような人間を、平和な村に連れてくるわけにはいきません。あくまでも誠実そうなひとということで、天木さんを選びました」

誠実かどうかはともかく、人畜無害そうだからお眼鏡に適《かな》ったのだろう。

「まあ、あの場所から、こんな遠くまで送ってもかまわないという時点で、悪いひとじゃないのはわかりましたけど」

「ということは、とにかく安全そうな男をつかまえて、牝水村に連れてくる必要があったということなんですね？」

「そうです」

「それは村に男がいないからですか？」

姫奈がうなずく。小声で「ごめんなさい」と謝ったのは、武俊に真実を告げることなく騙し続け、不安も抱かせたためだろう。

「いいえ、おれ自身に害はなかったから、べつにいいんです。自然の豊かな土地でゆっくりできて、かなり癒やされましたし、むしろありがたかったぐらいで」

何よりも、美女たちとのめくるめく体験に満足させられたのであるが、さすがに口には出せなかった。

「ようするに、おれは婿の候補として、ここへ来たわけなんですね」

きっとそうなのだと確信していたものだから、

「……そういうわけでもないんです」

気まずげに否定され、「え？」となる。

「もちろん、天木さんを見初めて、お婿さんにしたいというひとがいてもかまわないんですけど、わたしたちの目的はもっとドライなんだす。たまには男性とのふれあいがないと、女として満足できないというか――」

口ごもるように言われ、頰が熱くなる。では、最初から女性たちのセックスのお相手を務めるために、牝水村に招かれたというのか。

（てことは、次々と女性たちが現れたのは偶然じゃなくて、最初から仕組まれていたってわけか）

どうやら自分の行動は、彼女たちに筒抜けだったらしい。あるいは、誰とどんな行為をしたのかも、ばっちり知られているのではないか。

姫奈が不在だったのは、目的を遂げるまでのあいだ、武俊を村に留め置くためだったのだろう。この家か、あるいは村のどこかにガソリンがあって、それを給油して村を離れていたのではないか。

「そうすると、姫奈さんがおれに車を返してくれることになったのは、もう用済みだからなんですね」

つい厭味《いやみ》っぽく言ってしまう。いい目にはあったのは確かながら、心から満たされたわけではなかったのだ。

「……すみません」

謝罪されても、苛立《いらだ》ちが募る。

そもそも今回の件は、姫奈がひとりで仕組んだことではない。村の女性たちが結託して、決して趣味がいいとは言えない企みをしたのである。彼女はこの地に住む人間として、協力しただけなのだ。

「誤解しないでいただきたいんですけど、わたしたちはしょっちゅうこんなことをしているわけじゃないんです。何ヶ月かに一度の、まあ、お祭みたいな感じで」

姫奈が弁明する。きっとそうだろうというのは、素直に納得できた。

武俊が関係を持った女性たちだって、誰彼かまわず男を咥え込み、弄ぶようなタイプではない。たまのイベントだったからこそ、濃密で充実した時間を過ごしたのだ。

「そんなことはどうでもいいんです」

「え？」

「その前に訊きたいんですけど、あの写真の男性は、今はどちらに？」

気になっていたことを確認する。ただ、もしやと思うところはあったのだ。だからこそ、姫奈がターゲットの選出者を命じられたのではないかと。

「……いません」

短く答え、彼女が目を伏せる。

「亡くなったんですか？」

「ええ、事故で」

写真の姫奈の年齢が見立てどおりなら、すでに五年ほども経っているのではないか。それでも、こうして飾っているのは、未だに忘れられないからだ。

だからこそ、彼女は村の女性たちのように、快楽を貪ろうとしなかったのである。

まあ、ひとときの戯れを好まないのかもしれないが。

ただ、ずっと忘れられずにいるぐらいだ。恋人とは、結婚の約束もしていたに違いない。彼女がひとりでここに住み続けているのは、本当ならふたりで暮らすはずだった家から離れがたいためだろう。

「姫奈さんがおれを、ていうか、男を引っ掛けるためにあそこにいたのは、喜美代さんたちに言われたからなんですよね」

「……ええ」

「たぶん、昔の男のことを忘れて、前向きになれるようにって」

この指摘に、姫奈が驚きを浮かべる。どうしてそれをという表情を見せたものの、悟られるのは当然かと思い直したらしい。

「そうです」

と、すぐさま認めた。

「村の中で、ネットが使えるのはわたしの家ぐらいで、どこでどうすれば男性をつかまえやすいか、これまではわたしが情報を伝えていたんです。でも、たまには自分でもやってみたらどうかと言われて」

「だけど、どうしてわざわざ、あんな遠くまで行ったんですか？」

「……近くだと、すぐに送ってもらえるでしょうけど、遠くても引き受けてくれるのは、よっぽど親切な方だろうと思って」

そればかりではなく、端っから成功させる意志がなかったのではないか。やっぱりうまくいかなかったと、みんなに報告することを想定していた気がする。

「それから、あのサービスエリアは、あのひととドライブをしたときに立ち寄った、思い出の場所でもあるんです」

　姫奈が目を潤ませる。武俊は、身につまされるものを感じた。

（……置いてきぼりを喰ったっていうのは、姫奈さんの本心だったのかも）

　あの言葉には、自分を置いてあの世に旅立った恋人への、やるせない思いが溢れていたのではなかろうか。

「あの、もうひとつ教えてほしいんですけど」

「はい」

「あそこには、他にもたくさんのひとがいました。その中から、おれを選んだ理由が知りたいんです」

「それは――悪いひとじゃないと思ったから」

「本当にそれだけですか？　他にも理由がある気がするんですけど」

　追及に、姫奈がたじろぐ。迷うように目を泳がせたあと、仕方ないという顔で首肯《しゅこう》した。

「ええ……あのひとと、どことなく感じが似ていたので」

やっぱりそうだったのか。改めて写真の男を見て、武俊はひとりうなずいた。ツーショット写真を最初に見たとき、かなりショックを受けたのである。それでいて、相手の男にはそれほど妬《ねた》みを覚えなかった。なぜなのかと考えて、どことなく自分と同類のように感じられたせいだとわかった。見た目ではなく、受ける印象が似ていたのである。

「つまり、あそこにいた大勢の男たちの中で、おれを選んでくれたんですよね？」

「ええ」

「だったら、おれと同じじゃないですか」

「え？」

「おれだって、誰にでも親切にするわけじゃありません。姫奈さんに頼まれてＯＫしたのは、姫奈さんに惹かれたからです。正直、ひと目で好きになったんです」

へたれだった武俊の、これが初めての告白であった。おそらく、牝水村でのさまざまな経験がなかったら、こんな勇気は出せなかったであろう。

「これって、相思相愛みたいなものだと思いませんか？」

「わたしはべつに、そこまでは……」

「あと、喜美代さんたちに言われて、あのサービスエリアまで出かけたのは、姫奈さん自身にも前に進みたい気持ちがあるからじゃないんですか？」

「……」

「恋人のことを忘れられないのなら、それでかまいません。だけど、このままただ時間をやり過ごすんじゃなくて、何かアクションを起こしてもいいと思うんです。やっぱり無理だったら、また時間を置けばいいし。とにかく試さないことには、何も始まりません」

姫奈の心が揺れているのは、武俊にもわかった。今のままでいいはずがないという気持ちを、彼女も持っているのだ。

「おれが喜美代さんや璃乃ちゃん、ユキさんや麻衣子さんとどんなことをしたのか、知ってるんですよね？」

質問に、姫奈は無言だった。行為の詳細はともかく、肉体関係を持ったのは知っているのだ。

「おれは、姫奈さんともしたいです」

真っ直ぐに告げると、美貌が強ばる。だが、そこに嫌悪の色は窺えない。

「いや、姫奈さんとできれば、おれはそれでいいんです。だって、ひと目惚れしたんですから。姫奈さんの時間を、おれに少し分けてください。お願いします」

武俊は深々と頭を下げた。返事がもらえないうちは、決して顔を上げないつもりで。

間を置いて、小さなため息が聞こえた。

## 2

客間に敷かれた蒲団の上で、武俊は正座していた。腰にバスタオルを巻いただけの格好で。

糊《のり》の利いたシーツに、枕もふたつある。けれど、掛布団はない。眠るわけではないのだ。

（いよいよなんだ……）

落ち着けと自身に命じても、なかなか緊張が解けない。四人の女性たちと日替わりで交わってきたのに、どのときとも違っていた。

姫奈に言われて、武俊はシャワーを浴びた。喜美代のところの薪の風呂とは異なり、黒川家には灯油のボイラーがあったのだ。

上がるとバスタオルを渡され、この部屋に案内された。すでに蒲団が敷いてあり、待つように言われたのである。

おそらく、彼女がシャワーを浴びるあいだ。

いきなりセックスを求めたのはまずかったかと、言ったあとで後悔したのである。なかなか返事をもらえなかったし、最悪、たたき出される可能性もあった。

けれど、これから末永くお付き合いをなんて悠長なことを言ったら、姫奈が心変わりをする恐れがある。むしろ村の風習というか、女性たちがしているのと同じことを求めたほうが、受け入れやすいのではないかと思ったのだ。

幸いにも彼女は承諾してくれ、今はただ待つのみである。

（でも、やっぱりやめたって言われるかもしれないんだよな）

シャワーを浴びながらためらいが頭をもたげ、清めたからだを男に委《ゆだ》ねるのが怖くなるかもしれない。いっそ、いきなり押し倒したほうがよかったのではないか。

（そうすれば、姫奈さんのアソコの匂いだって——）

生々しいフレグランスを愉しめたのにと後悔する。もっとも、そんなものに夢中になったら、変態だと愛想を尽かされかねない。やはりこれでよかったのだ。

（姫奈さんとうまくいったら、いつでも嗅げるんだから）

彼女が漂わせた甘い香りを思い出す。秘苑もそうなのだろうかと考えたらたまらなくなり、海綿体に血液が集まった。

（いや、まだだ）

理性を発動させ、ふくれあがる欲望を抑え込む。抱き合う前からギンギンになっていたら、姫奈に軽蔑されてしまうではないか。

勃起しないよう、掛け算の九九を頭の中で唱え、二巡目の六の段になったところで襖《ふすま》が開いた。

（あ――）

思わず声を上げそうになったのは、現れた美女が裸身にバスタオルを巻いただけの格好だったからだ。あらわになった細い肩と、むっちりした太腿が色っぽい。

（じゃあ、本当におれと……）

ゴクッと喉が鳴りそうになり、焦って息を止める。ここまでになれば、もはや中止はあり得ない。

姫奈はよその家へ来たみたいに、しずしずと遠慮がちに足を進める。蒲団の脇で膝をつき、武俊と向かい合って正座した。

「……よろしくお願いします」

三つ指を突き、丁寧なお辞儀をする。まるで、昔の花嫁が初夜を迎えたときみたいに。実際にそうだったのかどうかは、わからないけれど。

「こ、こちらこそ」

武俊もうろたえ気味に頭を下げた。

「それじゃ」

生真面目な顔を見せた彼女が、バスタオルに手をかける。まさかと思う間もなく、はらりと落とされた。

（うわっ！）

愛しいひとの裸身があらわになり、驚愕のあまり固まってしまう。

姫奈は、すぐさま両腕で胸を庇《かば》った。ほんの二、三秒だけ視界に入った乳房は、なだらかな盛りあがりだ。そのため、あまり見られたくなかったのだろうか。

「天木さんも」

潤んだ目で言われて、武俊はすぐさま腰を浮かせた。何を求められたかわかったのである。

腰のバスタオルをはずすと、彼女の目が一瞬だけ股間に向けられる。けれど、すぐに顔を背けた。

バージンの麻衣子ですら、その部分をしっかり観察したのである。恥じらいの反応が新鮮で、武俊は居たたまれなさよりも、ときめきを覚えた。

（ああ、やっぱり姫奈さんだ）

思ったとおりに純真で、素敵なひとなのだ。己に見る目があることを自画自賛する。

姫奈の肩を抱き、武俊はシーツに横になるよう促した。

仰向けになっても、彼女は胸を隠したままだった。濡れて恥丘に張りついた、漆黒の陰毛は晒しているのに。

（そんなにおっぱいをみられたくないのか？）

隠されると、かえって見たくなる。しかし、無理なことはしたくない。

武俊は添い寝して、姫奈の顔を真上から覗き込んだ。

甘い香りが悩ましい。シャワーを浴びたときに、ボディソープで肌を清めたのであろうが、そればかりではないかぐわしさもあった。年上の美女が放つ、素のフレグランスだ。

「キスします」

予告すると、瞼が閉じられる。ＯＫのサインに胸を熱くして、かたちの良い唇に自分のものを重ねた。

「ん……」

小さな声と同時に吐息がこぼれる。温かなそれはほの甘く、果実のようであった。

（あ、これって）

武俊の脳裏に蘇《よみがえ》ったのは、ユキの家で飲んだ果実酒だった。あれとそっくりな風味を感じたのである。

村の水で育ったという、木の実で作った酒。姫奈もまた、同じ水で育ったのだ。

やはり村の水には、不思議な力がありそうだ。女の子しか生まれないばかりでなく、それで育った木の実も女性も、男を酔わせるのかもしれない。

そんなことを考えながら、舌をそっと割り込ませる。唇の内側を味わっていると閉じていた歯が開き、彼女も自分のものを与えてくれた。

（気持ちいい……）

チロチロとくすぐり合うことで、豊かな気分にひたる。くちづけだけで、愛しいひとと深く繋がった心地がした。

武俊は勃起した。いきり立った分身が反り返り、下腹をぺちぺちと鳴らす。それが姫奈に触れないよう、腰を引いていたのである。

「むふっ」

甘美な衝撃を受け、太い鼻息がこぼれる。柔らかな指がペニスに巻きついたのだ。

（え、姫奈さん？）

ふたりの唇は重なったままで、彼女は目を閉じている。なのに、エレクトしているのを悟ったのか。あるいは、単に確かめようとしただけなのか。

ここに来て積極的になったのは、べつに不思議ではない。姫奈は二歳年上だし、相応に経験もあるはずなのだ。

むしろ、年上らしくリードしてくれたほうが、武俊も嬉しかった。

巻きついた指が、握ったり緩めたりを繰り返す。快さがふくれあがり、腰をよじらずにいられない。

「ふはっ」

息が続かなくなり、唇をはずす。すると、トロンとした目が見つめてきた。

「もう大きくなったんですね」

温かくかぐわしい吐息を吹きかけながら、姫奈が言う。

「だって、やっと姫奈さんとキスできたから」

「キスだけでこんなになっちゃったんですか?」

あきれた口調ながら、目が笑っている。率直な反応を示してくれて、彼女も女として満足しているのではないか。

「ほら、こんなに硬い」

緩やかにしごき、指で鈴口のあたりをこする。早くも先走り液がこぼれているようで、ヌルヌルとすべる感触があった。

「ああ、姫奈さん」

「気持ちいいですか？」

言葉ではなく、雄々しい脈打ちで感じていることを伝える。

「あん、すごく元気」

戸惑い気味に目を細めた美女は、これまでになく女の顔になっていた。

いくらこちらが年下でも、一方的に愛撫されるのは気が引ける。だからと言って、いきなり秘部に触れるのは性急すぎる気がした。

片手で牡の猛りを愛撫しながら、姫奈はもう一方の腕で乳房を庇っていた。だが、隠しきれておらず、片側の乳頭が見えている。やや赤みを帯びたピンク色で、突起は小指の先ほどの大きさがあった。

その、見えているほうの乳首を摘まむなり、

「キャッ、ダメっ」

彼女が悲鳴をあげたものだから、武俊は慌てて指をはずした。

「お、おっぱいはダメです」

「え、気持ちよくないんですか？」

「そこ、くすぐったいの。それに、わたしのおっぱいは小さいから、さわっても面白くないでしょ」

サイズを気にしているのは確かなようながら、それだけが理由ではないらしい。ただ、くすぐったいのは敏感だからであり、うまく愛撫すれば、ちゃんと感じるようになるのではないか。

(そうなるように、おれが姫奈さんのカラダを開発してあげればいいんだ)

ふたりの関係は、スタートラインに立ったばかりなのである。

乳房が無理となると、あとは下半身しかない。武俊が手を中心へ向かわせても、姫奈は拒まなかった。そちらは問題ないようだ。

しかしながら、面差しが幾ぶん強ばっている。積極的になれても、羞恥が完全に払拭されたわけではなさそうだ。

恥叢の真下、添い寝した状態では目で確かめられないところに指を這わせる。湿った窪地に触れるなり、
ピクン――。

裸身が小さく波打った。

「あ……」

短く声を洩らした姫奈が、すぐさま口を閉じる。感じたのを悟られまいとしてなのだろう。

(そんなに恥ずかしがらなくてもいいのに)

彼女のほうは男根を愛撫して、武俊に気持ちいいかと訊いたのである。ならば、自分のことについても素直になってほしい。

(よし、だったら)

指を細やかに動かして、湿った粘膜をまさぐる。強くならないよう、ソフトタッチを心がけて。

「くぅ、ううう」

呻きがこぼれ、秘茎が強く握られる。太腿が閉じて、悪戯な指を挟み込もうとした。しかし、その程度のことで、動きを完全に封じるのは不可能だ。

(もっと感じて――)

心の中で呼びかけ、敏感な肉芽を探す。フードを剝きあげ、隠れているものを直にこすろうとしても、小さいせいかうまく捉えられない。

仕方なく、包皮の上から圧迫すると、

「ああっ」

はっきりした艶声がほとばしった。ちょうどいい感じの刺激が与えられたようだ。

ならばと、指先を左右にも動かし、間接的にクリトリスをこする。

「ううう、う、あ、あああっ」

姫奈が切なげに喘ぐ。閉じていた太腿が緩み、腰がくねり出した。

「だ、ダメ……あ——はふぅ」

ハッハッと息をはずませ、歓喜に漂う姿に、武俊は全身を熱く火照らせた。

(おれ、姫奈さんを感じさせてるんだ!)

感激しながらも、意外と落ち着いている。これも村の女性たちと経験を重ねたおかげなのだ。

できることなら秘苑に口をつけ、もっとよがらせたい。けれど、それは姫奈が拒む気がした。麻衣子がクンニリングスをさせなかったみたいに。

一度頂上に導けば、舐めるのも許してくれるかもしれない。期待を込めて秘苑をいじり、唇も重ねた。キスをしながらなら喘ぎ声を気にせず、高まってくれるのではないかと考えたのだ。

「むぅ、う、むふぅ」

くぐもった声が、ふたりの唇の隙間からこぼれる。舌を入れると、縋《すが》るように吸ってくれた。

(なんて可愛いんだ)

年上なのに、いじらしくてたまらない。もっと気持ちよくしてあげたい。

そんな思いから、指先の感覚に集中して攻める。溢れてきた蜜を掬《すく》い、ヌメりを利用してポイントを丹念にこすった。

「う、う、むううう」

姫奈が上昇しているのがわかる。豊かな腰回りがビクッ、ビクッとわななないた。

きっともうすぐだと、胸に喜びが満ちる。どんなふうに絶頂するのかと想像し、武俊の昂奮も最高潮であった。

そのせいで、自身がどこまで高まっていたのか、気づかなかったようである。

悦びに喘ぎながらも、姫奈はペニスに絡めた指を離さなかった。決して強くない握り方で、小刻みに摩擦していたのである。

(え？　あ、まずい)

急速にこみ上げるものを感じて、武俊は焦った。もはや愛撫をするどころではなくなる。

「ご、ごめん。おれ」

くちづけを中断し、息を荒ぶらせる。腰をよじって姫奈から離れようとしたものの、彼女は強ばりを摑んだままであった。脈打つそれが限界を迎えていると、気づいているはずなのに。

「あの、もうイキそうで……出ちゃいます」

仕方なく、正直に告白する。情けなくてたまらなかった。

ところが、勃起は解放されない。このままでは爆発してしまうと焦ったとき、姫奈がいきなり身を起こした。

「え?」

気圧されて仰向けになった武俊の股間に、彼女が顔を伏せる。限界の脈動を示す牡器官の、ふくらみきった頭部が温かく濡れたものに包まれた。

その部分は、はらりと垂れた髪に隠れている。しかし、何をされたのかなんて、確認するまでもない。

(姫奈さんが、おれのを——)

快感と焦りで混乱した直後、舌が回り出す。

チュッ——。

吸引され、武俊は一気に頂上へ駆けあがった。

「ああ、あ、駄目です。出ます」

腰をガクガクと揺すり上げ、全身を波打たせる。蕩ける歓喜に忍耐が四散し、気がつけば熱いものが尿道を通過していた。

「ん……ンふ」

鼻息をこぼしながら、姫奈が頭を上下させる。すぼめた唇で筒肉をこすり、いつの間にか陰嚢に添えられていた指も、揉むようにさすってくれた。まるで、もっと出しなさいと促すかのように。

そのため、爆発的なオルガスムスが長引く。びゅるッ、びゅるっと、ザーメンが何度もほとばしった。

「ああ、あ、ひ、姫奈さん」

愛しい女性の名前を呼び、武俊はありったけの精を彼女の口内に放った。

3

ぐったりして手足をのばし、胸を大きく上下させて酸素を確保する。

（……気持ちよかった）

強烈な快感の余韻で、頭がボーッとしている。何があったのかと、考えることも億劫だった。

「だいじょうぶですか？」

真上から顔を覗き込まれる。姫奈だ。

「あ――」

武俊は焦って起き上がろうとした。ところが、腰に力が入らない。肘を突いて、上半身を斜めに起こすのが精一杯だった。

「姫奈さん、おれ……」

「いっぱい出ましたよ」

「え？」

「ドロドロして、ちょっと甘い感じでした」

精液の感想だと、すぐに理解する。居たたまれなくて、頰が熱く火照った。

「す、すみません」

「いいんです。わたしがしたくてしたんですから」

照れくさそうに頰を緩めた彼女を、抱きしめたくてたまらない。胸を衝きあげる情動に従い、武俊は気怠さの残るからだを叱りつけた。どうにか蒲団の上に坐り、愛するひとを胸にかき抱く。

「おれ……姫奈さんが大好きです。あの、ここまでしてもらったからじゃなくて、その前から」

甘い匂いのする首に顔を埋めて、思いの丈《たけ》を告げる。姫奈が小さくうなずいたのがわかった。

「……わたしも」

掠れ声の返答に、「え？」と驚く。つまり、彼女も同じ気持ちだというのか。

「わたし、すぐに吐き出すつもりだったんです。天木さんのアレ」

ザーメンのことなのだと、すぐにわかった。

「だけど、お口の中で天木さんのが暴れて、ドクドクって温かいのが溢れてきたら、何だかうれしくなって。気がついたら、全部飲んでました」

「すみません」

「ううん……わたし、男のひとのを飲んだのって、初めてなんですよ」

嬉しい告白に、涙がこぼれそうになる。そっと身を剝がすと、濡れた瞳が見つめてきた。

「ここまでできたのは、たぶん、天木さんのことが――」

曖昧な返答であったが、それだけで充分だった。

武俊は再び姫奈を抱きしめ、唇を重ねた。そのとき、彼女がわずかに抗ったのは、精液を受け止めた口でキスをするのは悪いと思ったからだろう。

だが、切なげな吐息にも、トロリとした唾液にも、青くさい痕跡はなかった。発射されるなり、すぐ喉に落としたのではないか。

(そこまでしてくれたなんて)

深く舌を絡ませ、詫びるような気持ちで口内を清める。姫奈のほうも、おそらく溢れる想いそのままに、熱烈に吸ってくれた。

くちづけを交わしながら、ほのかに汗ばんだ背中を撫でる。その手を下降させ、もっちりした臀部にも指を喰い込ませた。なかなかのボリュームで揉みごたえがある。

「うぅン」

姫奈がイヤイヤをするみたいに腰をくねらせる。もしかしたら、大きなおしりが恥ずかしいのか。こんなに素敵なからだなのだ。もっと自信を持てばいいのにと思う。

気持ちが通じ合ったのを、武俊は確信していた。それでもクンニリングスをしようとすると、予想したとおり彼女は拒んだ。

「恥ずかしいからダメっ」

両膝をぴったりと閉じ、頑として受け入れない。この様子だと、亡くなった彼氏にもさせなかったのではないか。

「だけど、姫奈さんはおれのを舐めたのに、フェアじゃないですよ。こういうのは男女平等の精神に背くことです」

大袈裟な主張に、意外にも姫奈は逡巡をあらわにした。理詰めでこられると弱いタイプなのかもしれない。

「だったら、おれは目をつぶっています。それならいいでしょう」

譲歩すると、渋々というふうに膝を緩めた。

「でも、ズルしないでくださいよ。もしも見たら……天木さんのこと、き、嫌いになりますから」

涙目で訴えられ、「わかりました」と約束する。ちゃんと守れるかどうか、まったく自信はなかったけれど。

それでも、開かれた脚のあいだに顔を近づける途中で、武俊はちゃんと瞼を閉じた。見えなくても、目標をはずす心配はない。なぜなら、濃密な媚香がその部分から放たれていたからだ。

彼女の隣で嗅いだ、甘い香り。それを煮詰めて濃くし、蒸れた汗のエッセンスを加えたふうなかぐわしさ。

(これが姫奈さんの匂いなんだ)

シャワーを浴びた後でも、愛撫されてしとどに濡らしたことで、正直なフェロモンを取り戻したようだ。

「あ、待って。ニオイが――」

姫奈が何か言いかけたのを無視して、魅惑の源泉にくちづける。鼻に触れた秘毛には、ボディソープの香りがしつこく残っていた。

舌を出して裂け目を舐めると、粘っこいものが絡みつく。

「あひっ」

鋭い声が聞こえ、艶腰がガクンと跳ねた。

唾液や吐息がそうだったように、ラブジュースも甘かった。武俊は舌を躍らせ、滲むものをすすり取った。喉に流し込むと、交わる前から彼女とひとつになっている心地がした。

「も、もういいでしょ」

どこか苦しげな声音は、募る悦びを抑えているからに違いない。もちろん、この程度でおしまいにできるはずがない。

　さっき、指でまさぐったクリトリスを、今度は舌でほじり舐める。ぴちぴちとはじくと、

「あああッ」

　ひときわ大きな嬌声が放たれた。

「そ、そこはダメぇ」

　弱点であると自ら吐露し、姫奈が裸身をくねらせる。武俊は両腿を肩にがっちりと抱えて放さず、舌奉仕を継続させた。

　クンニリングスをされた経験がなかったとしても、これだけ感じるのだ。自身の指でひとときの快楽を求めたことがあるのではないか。

（姫奈さんがオナニーを？）

　清楚な美女の、淫らなプライベートを想像し、ますます昂る。彼女の反応にも煽られて、股間のイチモツは早くも復活を遂げていた。

「あ、あ、あ、あ、あ」

　艶声が短く、途切れ途切れになる。頭を挟む内腿がピクピクしているのもわかった。

　これならもうすぐ昇りつめるのではないか。そう思っていたら、

くりと力尽きた。

「ううンッ！」

呻き声に続いて、女体がぎゅんと強ばる。しばらく細かな痙攣を示したあと、がっくりと力尽きた。

（え、イッたのか？）

ハァハァとせわしない息づかいも聞こえる。本当に絶頂したようだ。

今のうちにと、武俊は瞼を開いた。

目の当たりにした、愛しいひとの秘め園は、唾液と愛液でぐっしょりと濡れていた。ほころんだ花びらのあいだから、薄白い蜜汁が滴っている。

見た目そのものは、これまでセックスした女性たちのそこや、あるいはネットの無修正画像とも大きく変わるものではない。秘毛の量や範囲、花びらの大きさやかたちの他、肌の色合いにも違いがあれど、基本的なつくりは一緒なのだ。

それでも、過去のどれよりも美しいと思った。

添い寝して顔を覗き込んでも、姫奈は目を開けなかった。息づかいこそはずんでいたが、絶頂感が長引いたせいではなく、恥ずかしかったのであろう。

程なくして瞼が上がり、潤んだ目が見あげてくる。武俊の顔を認めると、泣きそうな顔になった。

「気持ちよかった？」

訊ねると、「バカっ」となじる。そのくせ、甘えるみたいに胸に縋った。

「……わたしはもう、天木さんのものなんですからね」

恥ずかしいのを我慢して、クンニリングスでイカされたのだ。責任を取ってということなのか。もちろん、武俊はそのつもりである。

しなやかな指が肉根に巻きつく。すでに力を漲らせていたことに、姫奈は驚いたようだ。

「え、もう大きくなってたの？」

それでいて、嬉しそうに頰を緩める。握ったものをしごき、逞しさを確認した。

次の瞬間、焦った面持ちで武俊を睨む。

「まさか、わたしのアソコを見て――」

約束を破って女性器を観察し、昂奮したせいで勃起したのかと思ったらしい。

「違います。姫奈さんが大好きで、早くひとつになりたいから大きくなったんです」

こっそり見たのは事実でも、その前からエレクトしていたのである。丸っきり嘘ではない。

「本当に？」

などと訝りながら、本気で疑っている様子はない。頂上に導かれた今は、見られても仕方がないぐらいの気持ちでいるのではないか。

この様子なら、次からはさほど抵抗することなく舐めさせてくれそうだ。けれど、今はもっと先に進まねばならない。

「おれ、姫奈さんとしたいです」

真剣な思いを伝えると、彼女が「ええ」とうなずく。身を重ねると、手にしたものを中心に導いてくれた。

「ここ……」

強ばりの切っ先を濡れミゾにこすりつけ、潤滑する。しっかり馴染ませてから指をほどいた。

「して」

受け入れる言葉を口にして、目を閉じる。長い睫毛がかすかに震えていた。

(きっと、久しぶりなんだよな)

恋人を失って、ずっとひとりだったのだ。切なさに耐えきれず、自らをまさぐることはあっても、男を迎えるのはしばらくぶりのはずである。

武俊はゆっくりと進んだ。麻衣子の処女を奪ったときを思い出し、焦ることなく慎重に秘め穴を広げる。

「ん……」

姫奈の眉間にシワが刻まれる。それほど深くはないが、やはり違和感を拭い去れないようだ。

突いては退きを繰り返し、一分ほどかけて丸い頭部が膣口の内側に入る。

「はあ」

大きく息をついた彼女の表情から、緊張が抜けたのがわかった。

「入ったの？」

「もう少しです」

「そう……ありがとう、天木さん」

「え？」

「こんなに優しくしてくれて。わたし、久しぶりだったけど、少しも怖くなかったわ」

涙目の笑顔に、武俊も胸が熱くなった。

姫奈が両脚を掲げ、牡腰に絡みつける。腕も武俊の首に回した。

「わたしはもうだいじょうぶだから、奥まで挿《い》れて、いっぱい突いてちょうだい」

大胆な要請に戸惑う年下の男に、彼女はさらに、

「気持ちよくなったら、中に出していいわ。さっき、お口の中にドクドクって出したみたいに」

嬉しい許可を与え、悪戯っぽく目を細める。言葉遣いにも遠慮がなくなったから、完全に気を許してくれたのだ。

というより、自分が年上であることを思い出したのか。むしろ、そうやってらしく振る舞ってくれたほうが、武俊は安心できた。

「わかりました」

こちらは年下の素直さで、残り部分を蜜窟へと侵入させる。

「はあああっ」

姫奈がのけ反り、白い喉を見せた。

彼女の内部は、柔らかなヒダがねっとりとまつわりつく。かすかに蠢いているようで、温かさも快《こころよ》い。

(うう、気持ちいい)

武俊は気ぜわしく陽根を出し挿れした。そうせずにいられなかったのだ。

ぬちゅ……ちゅぷ。

たっぷりと濡れていた穴がかき回され、卑猥な水音をこぼす。

「あん、あん、ああッ」

色めいた声がユニゾンとなり、和室が淫ら一色で染めあげられた。

「あ、天木さん……もっと」

久しぶりの交わりでも、女らしく成熟した肉体は、時間をかけずに女の歓びを思い出したらしい。息をはずませ、激しい動きをおねだりする。

「姫奈さんの中、すごく気持ちいいです」

武俊も太い鼻息をこぼしながら、長いストロークで女体を穿った。

「ああ、あ、深いぃ」

快感で汗ばんだ女体が、甘い匂いをぷんぷんと放ち出す。それも牡の情感を高め、腰をぶつけるように交わった。

「あう、お、おお」

奥を突かれると、よがり声が低くなる。姫奈は武俊の二の腕に両手でつかまり、体躯を切なげに震わせた。

「すごいわ……わたし、またイッちゃいそう」

泣きそうな声で告げ、面差しを蕩けさせる。

「ね、イッてもいい？」

「いいですよ」

「ああぁ、い、イクッ、イクッ、くうううっ！」

今度は高らかな声を上げ、姫奈が昇りつめる。けれど、まだ余裕のあった武俊は、間を置かずに攻め続けた。

「いやぁ、もう」

彼女が嘆き、身をよじる。

「ね、イッたの。わたし、イッたのよぉ」

荒ぶる呼吸の下から、苦しげに訴える。それを無視してピストンを続けると、さらなる高みへと駆けあがったようだ。

「ああ、ま、また」

気ぜわしい息づかいが限界に達すると、

「イヤイヤイヤ、い、イク、も、ダメぇえええっ！」

男根で貫かれての、二度目の絶頂に至る。しかし、それはまだ序の口だった。

（もっとイッて——）

武俊が荒々しく責め苛《さいな》み、濃厚なエキスをしぶかせるまで、彼女は数え切れないほど達したのである。

4

汗と淫液で湿ったシーツの上、ふたりは寄り添い、甘い余韻にひたった。

「……こんなに気持ちよかったのって、初めて」

姫奈がつぶやく。まだエクスタシーの影響が残っているのか、舌をもつれさせるようにして。

「おれ、この村に残ってもいいですよ」

天井を見あげながら、武俊は考えていたことを口にした。

「え、それって？」

「姫奈さんの婿になって、牝水村に住みます。村の中でできる仕事も見つけますし、姫奈さんには絶対に寂しい思いをさせませんから」

プロポーズの言葉に、年上の美女が顔をくしゃっと歪める。

「ありがとう、天木さん……」

ふたりはしっかりと抱き合い、唇を交わした。そのあとで、姫奈が不安を浮かべる。

「でも……わたしはべつに、天木さんについていってもいいのよ」

「え、この家はいいんですか？」

「たまに帰るぐらいでかまわないの。それに、村に住むと――」

しばらく迷ってから、彼女は打ち明けた。

「牝水村は男のひとがいないから、その、村の女性の共有財産みたいになっちゃうの。たまにするぐらいなら、刺激になっていいかもしれないんだけど。ユキさんの旦那さんなんかは、それがつらくて離婚しちゃったのよ」

つまり、連日のように女性たちのお相手を務めることに耐えられなかったというのか。おそらくは肉体的に。

(まあ、あり得そうだよな)

武俊は納得した。ここに来て交わった女性たちは、みんな積極的だった。あんな調子でやられたら、確かにからだが持たないかもしれない。

などと思いつつ、そんな暮らしもいいかもと、邪《よこしま》な心が頭をもたげる。それに気がついたのか、

「何を考えてるの？　スケベ！」

姫奈に脇腹を思いっきりつねられてしまった。


（了）

＊本作品はフィクションです。作品内の人名、地名、団体名等は実在のものとは関係ありません。

長編小説
なまめき村《むら》
橘《たちばな》 真《しん》児《じ》
2022年7月11日　初版第一刷発行

ブックデザイン…………………… 橋元浩明(sowhat.Inc.)

発行人…………………………………………… 後藤明信
発行所………………………………… 株式会社竹書房
〒102-0075　東京都千代田区三番町8－1
三番町東急ビル6F
email：info@takeshobo.co.jp
http://www.takeshobo.co.jp
印刷・製本……………………… 中央精版印刷株式会社